KB089876

가위
소녀

우리같이 청소년문고 014

가위소녀

초판 1쇄 펴낸날 2015년 4월 1일

지은이 이정옥

펴낸이 이정옥

펴낸곳 (주)우리같이 **등록** 제406-2011-59호

주소 경기도 파주시 청석로 300, 909-501호

전화 070-8815-9995 **팩스** 070-7781-5598

이메일 withours@gmail.com

ISBN 979-11-954987-0-3 44800

ISBN 978-89-961890-3-9 44800(세트)

이 도서의 국립중앙도서관 출판예정도서목록(CIP)은 서지정보유통지원시스템 홈페이지(http://seoji.nl.go.kr)와 국가자료공동목록시스템(http://www.nl.go.kr/kolisnet)에서 이용하실 수 있습니다.

(CIP제어번호 : CIP2015008531)

가위 소녀

이정옥 장편소설

우리같이

세상의 모든 위소에게

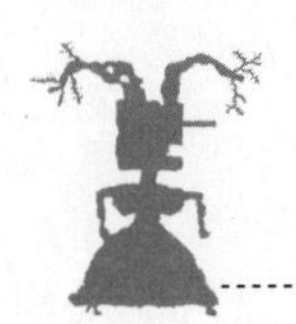

차례

그래, 똥

휴대폰이 연이어 울리는 동안, 나는 냉탕 안을 왔다 갔다 하고 있다. 내 키의 세 배쯤 되는 길이를 평영 동작으로 천천히 왕복하면서도 고개는 왼쪽으로 오른쪽으로 번갈아 쳐든 채다. 열탕에서 아랫도리를 '지지고' 있는 할머니 눈에서 벗어나지 않으면서, 샤워기마다 달린 비누 받침대 따위를 '정리하고' 있는 엄마를 눈으로 좇아야 하니까.

갑자기 목욕탕 출입문이 열리고 낯익은 아주머니가 "전화 좀 받으래요, 거기 전화요!" 하고 소리치는 순간에도, 나는 차가운 물속에서 긴장을 놓지 않은 상태다. 후다닥 일어나 첨벙첨벙 뛰쳐나갔지만 이미 늦은 때다.

대기화면에 찍힌 숫자 ③을 확인하는 순간 절로 터지는 한숨과 함께 통화 버튼을 누른다. 발신음이 울리기가 무섭게 할아버지가 "솔이냐?" 하자마자, 뒤미처 열탕에서 뛰쳐나온 할머니가 내 손에 든 휴대폰을 홱 잡아채 간다.

"왜요? 무슨 일이에요?"

할아버지 말이 들릴락 말락 하는 사이, 그렇잖아도 아랫도리만큼이나 벌겋게 익은 할머니 얼굴이 타는 듯 벌게진다.

"심해요?"

다그치듯 묻는 할머니 눈자위에도 붉은 핏발이 피어난다.

"알았어요. 솔이 먼저 보낼게요."

나를 흘끔 쳐다보고 뭐라고 하려던 할머니가 도로 휴대폰에 대고 언성을 높인다.

"솔이가 아니면, 그걸 누가 해요, 그럼?"

더는 들을 말이 없다는 듯 귀에서 휴대폰을 떼려던 할머니가 다시 휴대폰에 대고 소리를 내지른다.

"아이고, 언제는 솔이가 안 했어야 말이지요? 솔이 먼저 보내고 세주 챙겨 뒤따를 테니 우주 뒷마무리나 잘하고 있어요."

휴대폰 저쪽에서 할아버지가 뭐라 뭐라 하고 있는데도 쥐어박듯 통화종료를 눌러 버린 할머니는 나를 보지도 않고 말한다.

"할아버지한테 가 봐. 얼른."

"심하대요?"

“가 보면 알겠지. 얼른 가 봐. 이 찜질복 입고.”

나를 쳐다보지도 않고 말을 잇는 할머니 목소리에, 할머니 온몸에 뻗친 붉은 기운이 쩍쩍 묻어난다.

“그걸론 안 돼요.”

“안 되긴 뭐가 안 돼!”

할머니 붉은 목청이 쩍, 갈라지면서 파팍, 불꽃이 튄다.

“얼른 가. 이거만 입고!”

“할머닌 정말…….”

할머니 붉은 눈길이 내 눈을 피해 저쪽 맞은편으로 가 박힌다. 엄마가 있는 곳이다. 때 미는 침상이 줄지어 서 있는 저쪽 편에서 엄마는 샤워기 밑에 달린 받침대 따위를 정리하느라 지금, 여기서, 무슨 일이 일어나고 있는지도 모른다. 엄마에게 가 박힌 할머니 눈에서 사나운 불꽃이 튀다 말고 뿌옇게 흔들리는 것도 시간문제다.

탈의실로 반달음박질하는 사이 대충 물기를 닦아 낸 축축한 몸에 속옷과 티셔츠와 청바지를 꿴다. 스웨터를 뒤집어썼다가 목에 난 땀에 쓸리는 통에 도로 잡아 뺀다. 그 대신 수건을 집어 목에 걸면서 여탕 출입문을 빠져나간다. 가슴께로 내려뜨린 수건 한쪽으로 귓속을 닦는 척 고개를 숙인 채, 나는 남탕 쪽으로 달음박질한다.

탈의실도 그렇지만 남탕 안에도 다른 사람은 보이지 않는다.

때 미는 침상에 걸터앉아 있어서 언뜻 상체만 보이는 삼촌과, 찜질복 반바지만 입은 채 쭈그려 앉아서 삼촌의 알몸을 닦아 주고 있는 할아버지가 전부다.

나는 할아버지와 삼촌을 비켜 온탕 쪽으로 발걸음을 옮긴다.

온탕 물은 거의 다 빠져 나가고 없다. 드문드문한 냄새와 누리끼리한 배설찌꺼기만이 엎질러진 일을 말해 주고 있을 뿐이다.

똥이다. 삼촌이 온탕 안에다 똥을 싼 것이다. 또!

할머니를 대번에 온몸이 새빨간 낮도깨비로 만들어 버리고 만 똥이다. 확인해 보나 마나 할아버지를 단번에 십 년은 더 폭삭 늙게 만들어 버렸을 똥이다.

나는 그대로 서서, 누리끼리한 이물 파편을 노려본다.

지난번보다 더하지도 덜하지도 않다.

나는 손에 든 수건을 다시 목에 걸고 밖으로 나간다.

탈의실 한구석으로 가서 청소함에 있는 양동이와 긴 막대자루가 달린 솔과 락스통을 챙겨 든다.

남탕을 들락날락하는 길에 잠깐잠깐 쳐다보기도 불편할 정도로, 삼촌은 체머리를 흔들며 안절부절못하고 있다. 자기 몸도 하나 제대로 가누지 못하는 삼촌을 달래 가며 힘겹게 비누칠을 해 주고 있는 할아버지는 몇 차례나 그 곁을 오고 가는 나를 한번 아랑곳할 짬도 없는 것이다.

지난번처럼 락스를 물에 타서 양동이째로 뿌리려다가, 대야를 집어 들고 열탕으로 간다. 탁하다 못해 거무스름해진 열탕 물을 대야에 담아 와서 온탕 바닥에 내던지듯 뿌린다.

철써덕철써덕.

철써덕철써덕.

철써덕철써덕.

이 탕 바닥을 솔질하는 게 벌써 몇 번짼지 모른다. 처음 한두 번 때처럼, 때를 만난 듯 난리굿을 치던 목욕관리사아저씨들은 보이지 않는다. 다행이다. 락스 말고 더 필요한 건 없냐며 호기심도 호들갑도 감추지 않던 접수원아저씨들도 보이지 않는다. 정말 다행이다.

락스를 희석한 물을 양동이째 들고 고루고루 뿌린 다음 본격적으로 솔질을 시작한다.

크게 쓱 작게 싹. 길게 쓱쓱 짧게 싹싹.

쓱쓱 싹싹, 쓱쓱 싹싹 리듬을 타기 시작한다.

솔질도 반복하면 집중하게 된다.

집중하면 불필요한 잡생각이 사라진다.

오래전에 깨달은 사실을 확인시키듯, 솔질이 끝날 무렵엔 가슴께로 내려뜨렸던 수건이 온데간데없다.

내가 솔질을 시작할 때 삼촌을 데리고 밖으로 나갔던 할아버지는 솔질이 다 끝난 뒤에 돌아온다. 찜질복 윗옷을 마저 입고.

"삼촌은?"

"맡겼어, 할머니한테."

"삼촌이 짐이에요, 맡기게."

"……짐이지. 짐도…… 세상에 그런 짐짝이 없지."

내 눈길을 피하며 혼잣말하듯 말을 잇는 할아버지 눈에도 붉은 핏발이 돋아 있다.

할아버지가 냉탕 물을 퍼 나르겠다고 대야를 들고 일어서다가 미끄러진다. '세상에 없는 짐짝'을 맡기고 온 할아버지에게 힘이 남아 있을 리 없다. 그대로 주저앉아 까라져도 아무 상관 없는데, 할아버지는 진저리를 치며 기어이 대야를 움켜잡는다.

위태위태하게 할아버지에게서 건네받은 냉탕 물은 뿌옇고 미적지근하다. 너무 많은 사람들이 지나간 뒤다.

나는 대야의 물을 쫙쫙 끼얹으며 목소리를 높인다.

"다음에도 우리 이 시간에 와요, 할아버지."

"뭐?"

"우리 말고 아무도 없으니까, 좋아요."

"……힘 안 들어?"

"안 들어요."

"그래?"

"우릴 쳐다보는 사람들이 없으니까 힘이 별로 안 들어요."

그렇게 말하면서 나는 때 미는 침상 쪽으로 걸음을 옮긴다. 냉탕 물도 탁하지만, 몇 번 움직이지도 않아 숨소리가 몹시 거칠어지는 할아버지가 걱정된다. 저번처럼 호스를 가져다가 물을 뿌리는 게 나을 것 같다.

"할아버진 좀 힘들죠?"

"나야 뭐……."

"어차피 와야 하는 거면 진짜 이 시간이 딱이에요."

끌어다 놓은 호스를 온탕 바닥으로 향하게 해서 꼭지를 튼다.

"허, 이 짓도 어디 한두 번이래야…… 이런 험한 뒤처리를 너한테까지……"

호스에서 물줄기 뿜어져 나오는 소리가 탕 안에서 공명을 일으켜 힘없이 혼잣말하는 할아버지 뒷말은 웅웅 묻혀 버린다.

집으로 가는 동안, 운전석의 할아버지도 조수석의 할머니도 서로 말 한마디 건네지 않는다.

엄마와 삼촌은 뒷좌석에 오르자마자 잠든 상태다. 가운데 자리에 끼어 앉은 나는 락스에 취해 쉬이 잠들지도 못한다. 파주에 있는 대중탕에서 도곡동 아파트까지 오는 동안 락스 냄새가 코끝을 싸하게 맴도는 바람에.

지하 주차장으로 들어가서 차 시동을 끄고 나서도, 나는 급한 오줌보를 붙들고 있다. 아무리 깨워도 눈을 뜨지 못하는 엄마와 삼촌은 급박한 내 오줌보를 죄어 오는 바윗덩어리에 지나지 않는다. 엄마와 삼촌을 번갈아 흔드는 내 손이 점점 거칠어진다.

"흔들지 마. 깨우지 마. 그냥 둬."

조수석에 앉은 할머니가 뒤돌아 손사래까지 치며 나를 말린다.

할아버지가 더는 못 참겠다는 듯 소리를 높인다.

"그냥 두면, 어쩌자는 거요?"

"눈도 못 뜨는 걸 깨워서 어쩌려고요?"

"이대로 날밤을 새울 수는 없잖소?"

"그러다 또 발작이라도 일으키면요?"

"그래도 할 수 없잖소. 솔아, 어서 흔들어 깨워라. 내가 먼저 나가서 휠체어부터 꺼내놓을 테니."

할아버지가 자동차 트렁크에서 접이식휠체어를 꺼내서 펼치는 소리에 내 오줌보가 앞서 안달이다. 살살 좀 하라고 할머니가 조바심을 치든 말든 내 오줌보가 먼저인데, 삼촌도 엄마도 잠깐 꿈쩍하다가 도로 바윗덩어리가 되고 만다.

결국 할아버지가 삼촌을 붙안고 씨름을 벌이다시피 한다. 삼촌을 간신히 휠체어에 앉혔지만, 기댈 데 없는 머리부터 시작해서 삼촌 몸이 간이휠체어에서 자꾸만 축축 늘어져 내린다. 삼촌을 붙잡고 또 붙잡느라 할아버지는 헉헉 숨이 가쁘다.

"안 되겠다, 헉헉. 경비를 불러야지, 헉헉."

"아이고, 경비 부른 지가 언제라고 또요! 당신이 앞에서 우주를 붙잡고, 솔이가 휠체어를 밀고 해서, 집에 한번 갔다 오면 되잖아요. 세주는 내가 보고 있을 테니 어떻게든 해 봐요."

"이 휠체어로는 도저히 안 되겠으니 하는 말 아니오."

할아버지 말이 맞다. 이 간이휠체어를 가지고 어떻게든 해 보려다가 결국 경비실에 도움을 청했던 게 바로 얼마 전 일이니까.

경비 부르기 전에 우리 힘으로 한 번만 더 해 보자는 할머니를 뒤로하고, 할아버지가 지하 주차장에 달린 인터폰으로 경비실에 도움을 요청한다. 그새 할머니는 오줌보가 터지기 직전인 나보다 더 끙끙대며 어쩔 줄을 몰라 한다.

이 시간에도 티 없이 말끔한 정복 차림새로 나타난 경비아저씨는 아저씨라 부르기도 어색할 정도로 젊다. 옷차림만큼이나 얼굴 또한 말쑥한 경비아저씨는 싫은 내색을 굳이 감추지 않는다.

삼촌 하나쯤은 거뜬히 둘러업을 만큼 힘이 세 보이는 경비아저씨는 삼촌을 몇 번이나 놓친 끝에야 겨우 업는다. 할아버지는 엄마를 단번에 둘러업고 저만치 앞서 가고 있다. 마지못한 듯 할아버지를 뒤따르고 있는 경비아저씨 표정은 보지 않는 편이 나을 것 같다. 남 등에 업힌 삼촌 등에서 손을 떼지도 얹지도 못하고 있는 할머니 표정은, 39층까지 초고속으로 치솟는 환한 엘리베이터 안에서는 보지 않으려 해도 훤히 보인다.

목욕가방도 나에게 넘길 정도로 힘겨워하던 할머니였는데, 현관문을 들어서자마자 힘이 뻗치는 모양새다. 삼촌을 침실까지 업어다 주겠다며 구두를 벗으려는 경비아저씨를 할머니가 손을 들고 척 막아서더니, 몇 발짝 건너에 있는 바퀴 달린 안락의자를 다른 한 팔을 쭉 뻗어 확 끌어당기는 게 아닌가.

얼떨떨한 표정으로 삼촌을 그 의자에 앉혀 주고 별말 없이 돌아서려는 경비아저씨에게 할머니는 악다문 잇새로 수고했다는 말을 내뱉다시피 한다. 경비아저씨가 황망히 빠져나가고 있는 현관을 쏘아보고 있는 할머니 눈에 활활 불길이 인다.

현관문이 닫히자 할머니 입에서 내뿜는 불길은 한층 거세진다.

"그동안 우리가 지들 주머니에 넣어 준 게 얼만데 얻다 대고 유세야, 유세가!"

엄마를 방에 눕혀 두고 나온 할아버지는 발걸음에 이어 목소리마저도 기진맥진하다.

"새벽이 다 된 시간 아니오. 이때껏 경비 서느라 눈 한번 못 붙였을 테니 피곤도 할 테지."

할머니 온몸에 활활 지펴진 불길이 할아버지를 향해 돌진한다.

"누군들 눈 한번 붙였어야 말이지요. 이런 때 편의 좀 봐 달라고 달마다 때마다 지들 주머니를 채워 준 게 얼만데, 어떻게 우리한테 그런 얼굴을 해 보이냐는 거잖아요?"

"이 시간에 와서 고생해 준 것만도 고맙게 생각합시다."

활활 타는 불길로는 모자라 따발총이 발사된다.

"당신이 매사 그렇게 물러 터지니까 목욕탕 인간들도 갈수록 양양 아녜요. 아까 또 손 내미는 거 봤죠? 지들이 할 바닥 청소까지 우리가 다 해 줬는데도 있는 대로 뻣뻣하게 굴다가 수고비까지 따로 다 받아 처먹는 거, 당신 눈으로도 똑똑히 봤잖아요?"

"자다 말고 나왔으니 그쪽 입장에선 그럴 만도 하지 않겠소."

"그쪽 입장이라고요! 그럼 우리 입장은요? 우리 우주 입장은요? 세주 입장은요? 그깟 등짝 하나 빌려 썼다고 새파란 경비한테까지 쩔쩔매는 당신 입장은요?"

할머니의 무경위한 따발총을 더 맞고 있을 기운이 남아 있지 않은 듯, 할아버지가 눈을 꾹 감는다.

잠시 후 할아버지가 삼촌이 널브러져 있는 의자를 획 잡아당기더니 삼촌 방으로 밀고 간다. 할아버지 뒷모습이 사라지자마자 앞뒤 없는 말이 내 입에서 불쑥 튀어나온다.

"내 입장은요?"

"……뭐?"

"할머니 입장, 삼촌 입장, 엄마 입장, 할아버지 입장 다 말하면서 왜 내 입장은 말 안 해요?"

"무슨 소리야 그게? 네 입장을 말 안 하다니?"

"할머니는 맨날 그러잖아요. 삼촌, 엄마, 할아버지는 다 챙기면서 나는 늘 빼먹고 빠뜨리잖아요."

"누가 널 빼먹는다고…… 아니 너야말로, 아까 목욕탕에서 할아버지한테 전화 오는 것도 모르고 뭐했어? 오늘 삼촌 컨디션이 심상찮다고, 할아버지한테 전화 오는지 잘 확인하라고 처음부터 말 했어, 안 했어?"

"엄마도 잘 지켜보라고 했잖아요? 엄마 지켜봐야 해서 졸지 않으려고 냉탕에 가 있던 거, 할머니도 모르지 않잖아요?"

"아니 그야……."

할머니 따발총이 고작 그 정도에서 화력이 다했나 했다. 뒤돌아선 내 등에 대고 억지 총알을 발사하기 전까지는.

"그러게 옛날처럼 처음부터 남탕에 가 있었으면 좀 좋아! 그럼 그 여편네가 전화 받으라고 유세 떠는 소린 안 들어도 됐잖아. 아니, 그깟 것 좀 나온 게 뭔 대수라고 그예 옷을 다 챙겨 입고 그 야단인데. 아니, 뭐한다고 팔다리만 그렇게 쭉쭉 늘어나는데. 이왕 늘어날 거면 제 엄마를 떠메고 다닐 정도로 늘어나든가. 그럼 새파란 경비한테 제 삼촌을 욕보일 일도 없고……."

방문을 쾅 닫아 버리고 나서 곧바로 헤드폰을 뒤집어썼지만, 할머니의 따발총이 땅땅 귓전을 울리는 건 어쩌지 못한다.

똥 때문에 새빨간 낯도깨비가 돼 버린 할머니는 아무것도 참지 못하고 있다. 급기야 억지 총알이 할머니 온몸에서 발사되기에 이른 것이다. 마구잡이로 발사된 억지 총알은 대개 암호를 동반한다. 암호 해독은 어렵지 않다. 대부분은 너무 유치해서 그냥 웃어 넘기는 수준이다. 문제는, 그 유치함이 정도를 넘으면 웃다가도 눈물이 나올 때가 있다는 거다.

내가 방문을 닫아 버리기 전까지 발사된 억지 총알도 암호를 동반한 경우다. 너무 유치해서 따로 해독하고 말 것도 없지만, 암호를 풀어 보면 이렇다.

삼촌이 대중탕에서 똥을 싸는 것 자체는 이젠 그다지 큰 문제가 되지 않는다. 옛날처럼 내가 할아버지를 따라 남탕에 가지 못한 것이 모든 문제의 시작일 뿐.

그곳 온탕이 사람들이 이미 수도 없이 빠져나가고 아무도 없는 상태라도 삼촌 증세에 따라 무시로 똥을 지릴 수 있다는 사실에 대비했어야 했다. 그런데 내가 잠을 쫓는답시고 냉탕에 들어가 있느라 할아버지 전화를 놓친 게 문제라는 거다. 그래서 할머니가 싫어하는 목욕관리사아주머니가 전화 받으라는 소리를 핑계로 할머니에게 큰소리치게 만든 게 문제라는 소리다.

또 남탕에 들어가는 것 자체가 부담될 정도로 신경이 쓰이기 시작한 내 가슴도 문제라는 거다. 이제 막 불거지기 시작한 내 가슴 따위는, 찜질복만 걸치고 후다닥 뛰어가도 모자랄 판에 굳이 옷을 갖춰 입게 만들어 그렇잖아도 불편한 할머니 심기에 염장만 지른다는 소리다. 예전처럼 한달음에 남탕으로 달려가 할아버지를 거들지 못할 정도로 내가 하루가 다르게 커 가고 있다는 사실이 결국은 문제라는 소리다.

그러니까 똥 때문이 아니다.

삼촌 때문도 아니고 엄마 때문도 아니다.

다름 아닌 내 존재 때문에 할머니 자신이 새빨간 낯도깨비가 되어 버리고 말았다는 소리다.

그래서 그런 소리를 듣고 있을 수밖에 없는 거다.

그렇다면 내가 이왕에 클 거 얼른얼른 커서 몸집도 커지고 힘도 세져서 엄마를 둘러업고 다니면…… 할머니 마음이 풀어질까.

할머니 억지 총알에 상처 따윈 받고 싶지 않아 부랴부랴 암호라는 처방을 했는데, 웃다가 눈물이 터지는 부작용이 따르는 경우가 있다면 바로 이런 때다.

화장실 거울 속에 있는 내 머리는 더 자를 게 없다.

중도 제 머리는 못 깎는다는데, 이번 봄방학이 끝나면 중2가 되는 주제에 제 머리를 잘도 자르는 나는, 오른쪽 귀 위의 머리칼을 쓱, 잘라 낸다.

이 순간 내가 정말로 잘라 내고 싶어 하는 게 무엇인지 모르지 않는다. 내 마음대로 할 수 있는 건 내 머리밖에 없다는 사실 또한 모르지 않는 나는, 벼린 가위 날로 왼쪽 귀 위쪽 머리칼을 쓱, 스칠 뿐이다.

나를 좀 아는 사람들은 나를 '위소'라고 부른다.

언제부터 시작된 건지는 모른다. 알고 싶지도 않다. 시도 때도 없이 가위를 잡는 나를 보고 '가위 소녀'나 떠올리고 또 그것을 줄여서 위소라 부르는 것 따위는.

그래, 고작 위소다.

쓸쓸하기 짝이 없는 별명이다.

더 자를 머리칼이 없는 오른쪽 귀 뒤쪽 머리칼을 쓱 잘라 내는 순간, 위소가 '위태로운 소녀'일 수도 있겠다는 생각이 든다. 앞머리를 쓱 스치는 순간엔 위소가 '위험한 소녀'일지도 모른다는 생각도 든다.

그나저나 쓸쓸하긴 마찬가지다.

복잡한 머릿속을 가위질하는 심정으로, 나는 형광 불빛 아래서 하얗게 번뜩이는 가위를 다시 내 머리통에 바짝 갖다 댄다.

아아, 일등

"밥 먹어야지."

식탁에서 신문을 펼쳐 들고 있는 할아버지가 나를 보고 말을 건넨다. 되도록 목소리를 밝게 해서.

"밤, 머거, 아지, 밤, 머거, 아지."

엄마가 할아버지 말을 따라 한다. 나를 한번 쳐다보지도 않은 채로. 발음장애가 완연한 부정확한 발음으로.

"어서 와 이 주스 좀 마셔 봐라. 금세 기운이 펄펄 난다."

돋보기안경테 밑으로도 거무스름하게 눈그늘이 지고 턱수염 자리가 꺼칠꺼칠한 할아버지가 할 말은 아니다.

"기우, 나, 퍼퍼, 기우, 나……"

엄마가 따라 하는 말을 가만히 듣고 있기엔 내가 잠이 모자라도 너무 모자란 상태다. 내 심장이 불안스레 울렁이다 못해 팅팅 쪼여 온다.

"할머닌 더 누워 있겠다는구나."

더 누워 있어야 할 사람이 어디 할머니뿐이랴. 몸속에 남아 있는 새빨간 낮도깨비를 마저 몰아내려면 할머닌 누구보다도 더 오래 누워 있어야 하겠지만 말이다.

"할아버지도 더 누워 있어야 할 것 같은데요."

"더 누웠어야 허리만 아프지. 서너 시간 눈 붙였으면 됐다."

언뜻 봐도 머리부터 발끝까지 온몸이 다 부석부석해 보이는 할아버지가 할 말은 아니다.

거실 화장실 문이 빼꼼 열리더니 삼촌이 머리를 반쯤 내민다.

"삼촌은 벌써 밥 다 먹고 화장실 볼일까지 본 모양이다."

고개를 수그리고 있어 잘 보이진 않지만, 삼촌의 눈 밑도 할아버지만큼이나 거무스름하게 눈그늘이 져 있다. 어제보다 상태가 더 안 좋아 보이는 삼촌 얼굴을 뚫어져라 쳐다보고 있는데도, 삼촌은 한순간도 나에게 눈을 주지 않는다.

비칠대는 삼촌 발걸음이 거실 한중간에 서 있는 나를 비척비척 비켜 소파 쪽으로 이어진다. 삼촌은 소파 위에 앉지 않는다. 늘 그랬듯이 소파 탁자를 앞에 두고 바닥에 내려앉는다. 소파에 등을 기대지만 그것도 잠깐이다.

소파 탁자 위엔 신문이며 잡지가 그득 쌓여 있다. 오늘 새벽까지만 해도 없던 거다. 그새 할아버지가 준비해 놓은 모양이다.

어깨가 구부정한 삼촌의 몸이 앞으로 숙여지면서 양손으로 탁자 위에 놓인 신문 한 장을 집어 든다. 한 번 접은 신문을 반으로 접고 또 접어서 왼손에 들고, 오른손으로 탁자 위에 놓인 은빛 가위를 집어 들고 A4용지 크기로 접은 신문에 갖다 댄다.

앉은자리에서 한 시간이고 두 시간이고 세 시간이고…… 계속될 가위질이 시작된 것이다.

삼촌의 가위질을 가만히 내려다보고 있기엔 내가 잠이 부족해도 한참 부족한 상태다. 뇌신경이 팽팽해지는 느낌이다.

"밥 먹어야지."

할아버지가 신문을 접으면서 말한다.

"밤, 머거, 아지, 밤, 머거, 아지."

엄마가 중얼중얼 따라 하는 소리를 들으며 나는 터벅터벅 삼촌을 비켜 식탁으로 가서 내 자리에 앉는다.

한 모금 입에 문 주스는 어제와 변함이 없다. 냉동실에서 꺼내 전자레인지에 3분 30초간 돌렸을 나물비빔밥도 마찬가지다. 인조대리석 식탁 위에 일렬로 차려진 멸치볶음, 쇠고기장조림, 두부조림, 양배추피클, 배추김치, 김이 그렇듯이. 할머니가 만들어 놓은 것을 엄마가 냉장실에서 꺼내 똑같은 크기와 똑같은 모양의 반찬

접시에 담아 낸 거니까. 느릿느릿 더디더디 움직여서.

먼저 밥을 먹은 삼촌은 밥만 끼적끼적 굼뜨게 떠먹고 반찬엔 젓가락도 한번 갖다 대지 않았을 거다. 삼촌 옆에 앉아서 이것저것을 밥숟가락에 얹어 주며 골고루 좀 먹으라고 채근하는 할머니가 없으면 늘 그렇듯이.

"또…… 머릴 잘랐어?"

할아버지가 밥을 입에 떠 넣고는 우물거리지도 않고 묻는다.

"또, 머리, 자라, 써, 또, 머리, 자라, 써."

엄마가 밥을 한 숟갈 떠서 김에 싸며 웅얼웅얼 따라 한다.

"표, 나요? 좀…… 자르다 말았는데."

"귀가 훤한데 뭐."

"훤하면 좋죠 뭐."

"……밥 먹고 학원 가야지. 어제도 못 갔잖아."

"그저께도 못 갔어요. 그끄저께는 안 갔고요."

"허, 어쩌다?"

"재미없어요. 그만두려고요."

"허, 할머니 알면 또 야단나겠다. ……봄방학도 얼마 안 남았는데 그냥 다니는 게 낫지 않아?"

"그 학원은 진도 빼는 것 말곤 아무것도 없어요."

"진도 나가려고 학원 다니는 거 아냐? 특히 수학은."

"그 정돈, 혼자 해도, 얼마든지 따라잡을 수 있어요. ……맘만 먹으면요."

"맘만 먹으면?"

"근데…… 맘먹기가 싫어요."

"허, 맘먹기 싫다? ……어째서?"

"그냥요."

"그냥?"

"그, 냐, 그, 냐, 그, 냐."

엄마가 두부조림을 김에 싸서 입에 넣고 우물우물 씹으면서 내가 한 말을 따라 한다. 오늘은 엄마가 뭐든 김에 싸서 먹기로 했나 보다. 밥이든 반찬이든 한 가지만 김에 싸서 입에 넣고 우물우물 하면서 내 말도 따라 하고 할아버지 말도 따라 하는 엄마를, 나는 곁눈으로 슬쩍 보고 만다.

"일등하면 할머니가 또 이사 가자고 할 거 아녜요."

"일등하면 이사를 간다니?"

"여기보다 더 높은 데로요."

"이뜽, 이사, 이뜽, 이사……."

내가 지껄인 농말을 엄마가 중얼중얼 따라 한다.

그 말을 뒤늦게 알아들은 할아버지는 "허……" 하며 푸석푸석한 얼굴을 구긴다.

잠이 모자라 신경이 곤두서고 심장이 자디잘게 방망이질치는 내 입엔 모든 게 까끌까끌하기만 하다.

할아버지가 어이없다는 듯 "허어…… 거참……" 하며 쓴웃음을 짓고 난 다음에야 쿡쿡 비어져 나오는 내 웃음소리마저도 까슬까슬하다.

*　　*　　*

"공부가 달리기야? 일등을 하게!"

그렇게 반문하는 나를 보고 할머니는 마냥 깔깔 웃었다.

으스러져라 나를 꽉 안아 주면서 할아버지도 껄껄 웃었다.

"고부, 다리기, 이뜽, 고부, 다리기, 이뜽……."

하는 엄마가 웃는 건지 어떤 건지 표정만으론 알 수 없었다.

삼촌은 그 전날 밤에는 그룹홈인 공동생활가정에서 잠을 자고 낮에는 생활관에 가 있어 집에 없는 날이었다.

"우리 솔이가 일등이구나, 일등!"

할머니의 일등타령은 하루 종일 계속되었고 그다음 날에 이어 그 다음다음 날에도 멈추지 않았다.

그 옛날 초등학교 5학년 때, 전국적으로 치러진 일제고사에서 내가 일등을 한 것은 사실이다. 일제고사가 치러진 날 '창의인성 교육'을 지향한다는 정책을 따라 '주체적으로' 시험을 거부한 아이들이 꽤 되었지만.

그러니까 일등타령을 멈추지 않는 할머니에게 "공부가 달리기야? 일등을 하게!" 한 건 그냥 한 말이 아니다. 누가 봐도 1, 2등이 명백히 가려지는 달리기와 달리, 공부 성적은 1, 2등을 가리는 게 분명치 않아 보였고, 또 공부 등수를 가리는 건 달리기와 달리 재미도 뭣도 없었으니까 말이다.

그 재미없는 일등이 생각지도 않은 일을 가져올 줄은 몰랐다.

일등타령을 멈추지 않던 할머니가 서울하고도 강남 행을 꿈꾸기 시작한 것이었다. 삼촌이 다니는 그룹홈이며 생활관을 지척에 두고 있는 파주 신도시에서 어디로든 움직일 것 같지 않던 할머니가 이사 바람을 몰고 왔으니 보통일은 아니었다.

전에 없이 멋을 부리고 서울 나들이가 잦아지는 할머니를 보면서 나는 '할머니가 저렇게 젊었나?' 했다. 강남 바람을 몰고 온 날엔 더 우리 할머니 같지 않았다. 목소리에 신바람이 실리고 얼굴에 발그레한 홍조까지 떠오른 할머니를 보고 나는 '할머니가 저렇게나 예뻤나?' 했다.

할머니가 더 예뻐지고 젊어진 날이면 입씨름이 벌어지기도 했다. 여느 때와 똑같이 젊지도 않고 생기도 없는 할아버지하고. 기세등등한 할머니와 시큰둥한 할아버지의 입씨름은 매번 지루하게 이어지다가 별 승부 없이 흐지부지해졌다.

그날의 입씨름은 달랐다. 처음부터 할머니가 기선을 잡고 어물쩍 피하려는 할아버지를 강하게 몰아붙였다.

"아버지가 우리더러 그 아파트에 들어가서 살라고 하시는데, 왜 안 된다고만 해요?"

"그간 장인어른 신세를 진 게 얼만데 또 지려고 해요?"

"어차피 세 줄 아파트라잖아요."

"그럼 제값 받고 세를 놓으시라고 해요. 그게 맞아요. 우리가 끼어드는 건 옳지 않아요."

"옳고 그른 걸 뭐한다고 따져요. 전세금 받아 봤자 다 빚이라고, 우리더러 그냥 들어가 살라는데."

"그렇게 무리하면서 거기로 갈 필요가 뭐 있다고……"

"정말 몰라 그래요? 다 솔이 때문이잖아요!"

"솔이 핑계는 대지 맙시다. 우리 솔이야말로 어디서든 공부 잘하고 잘 자라 줄 아이니까."

"어디서든 공부를 잘할 거라고요? 어디서든 잘 자라 줄 거라고요? 그 말, 책임질 수 있어요?"

"아니 우리 손주가 어디서든 잘 자라 줄 거라고 믿는다는데, 그 말에 책임지고 말고 할 게 뭐 있다고 그런 말도 안 되는 말다짐을 놓는 거요?"

"솔이가 못하면 나도 별 기대 안 해요. 그런데 하잖아요. 우리 솔이는 하잖아요! 그러니까 솔이가 더 잘할 수 있게 제대로 뒷받침해 주자는 얘기잖아요. 확실하게 뒷받침해 줄 수 있는 강남으로 이사 가서요."

"거기 간다고 더 잘된다는 보장도 없잖소? 장인어른 신세를 지는 것도 마땅찮지만 당장 여기 혼자 남게 되는 우주……"

"내가 우주 생각을 안 했겠어요? 우주를 제쳐 두고 무작정 일을 벌일 리가 없잖아요? 우리 우주는, 내가 좀 더 부지런 떨면 돼요. 하다하다 정 힘들면 우주를 주말에만 집으로 데려오는 걸로 하면 되고, 찾아보면 딴 방법도 얼마든지 있을 거라구요."

"평일에도 한두 번은 꼭 집에 와서 지내야 하는 애를 어찌 그리 갑자기 당신 마음대로 하겠다는 건지……"

"다른 멤버들은 다들 그렇게 하고 있잖아요. 평일엔 다들 그룹 홈에서 자고 주말에만 집에 가서 지내고들 있잖아요. 우리가 좀 유난하게 굴었던 것도 있어요. 이번 기회에 우주를 다른 멤버들하고 똑같이 지내게 하는 것도 나쁘지 않을 거라고 봐요."

"그것도 당신이 자초한 문제 아니오. 애초 그냥 뒀으면 평일에도 다른 멤버들하고 잘 어울려 지냈을 우주를 당신이 굳이 나서서 집에 오도록 만든 일이잖소."

"그게 어디 나 좋자고 한 일이었어야죠?"

"자식을 위한답시고 벌인 일이 결국엔 자식을 위하는 일이 아니었으니 하는 말 아니오."

"이젠 솔이한테 걸 거예요!"

"솔이한테 걸다니?"

"그동안 우리 우주, 세주한테 해 주고 싶어도 못 해 줬던 거, 이젠 솔이한테 다 해 줄 거라구요. 원도 없이 전부 다요. 솔이는 하잖아요. 일등이라잖아요!"

"그 소린 그만 좀 합시다! 어쩌다 한 걸 가지고…… 본인도 듣기 거북해하는 소리를 뭐한다고 자꾸……"

"왜요, 우리 자식이 일등이라는데? 서울대학 나온 당신처럼 우리 자식이 일등이라는데!"

그 말을 끝으로 나는 한쪽 이어폰을 마저 귀에 꽂았다.

귓구멍으로 뭐가 쏟아지든, 있는 대로 볼륨을 높였다.

'서울대학'을 꺼낸 끝에 할머니가 울음을 매다는 건 시간문제였으니까. 그 옛날 옛적에 당했다는 '설움'을 하나둘 꺼내 놓다가…… 삼촌하고 엄마가 다닐 수 있는 학교나 교육기관을 찾아다니며 겪었다는 '수모'까지 꺼이꺼이 토해 내다가…….

이어폰에선 폭풍 랩이 쏟아져 들어오는데 내 머리는 엉뚱한 방향으로 절레절레해졌다. 어디로든 전학 가고 싶지 않았지만 전학하지 않을 마음도 없던 내 입장만큼이나 모든 게 뒤죽박죽이었다. 내 손에 든 가위도, 내 머릿속 가위도 그랬다. 끝내 아무것도 손대지 못한 채 우왕좌왕이었다.

결국 할아버지는 할머니의 눈물 바람을 당해 내지 못했다.

이사 온 아파트는 높았다. 높아도 너무 높았다.

어마어마한 게 끝없이 솟아올라서, 한없이 높이 솟아 있어서 세상이 갑자기 확 좁아진 느낌이었다.

"세상에나, 세상이 한눈에 다 내려다보이다니! 세상이 이렇게 훤하고 넓은 줄은 몰랐네!"

혼자 흥분에 찬 할머니 말을 나는 알아들을 수 없었다.

"이렇게 넓은 세상으로 나왔으니 이제 너 하고 싶은 건 뭐든 다 해 볼 수 있겠다."

너무 높아서 좁은 느낌밖에 안 드는 데서 달리 해 보고 싶은 게 있을 리 없었다.

"그러니 뭐든 다 해 봐라. 이 할머니가 힘껏 밀어줄 테니까."

혼자 감격에 떨고 있는 할머니 말을 신뢰할 수 없었다.

"이 높은 데서 내 등이나 떠다밀지 않으면 다행이겠네요."

나는 심드렁하게 들릴 듯 말 듯 혼잣말을 했다.

너무 높아서 정신도 없는 데다 해 보고 싶은 것도 없었지만 해 볼 시간이나 여유도 주어지지 않았다. 집이 너무 높은 데 있다는 것만으로도 문제가 툭툭 불거졌기 때문이다.

초고층아파트는 드나드는 출입구부터가 높아서 좁았다.

겹겹의 출입문이며 초고속엘리베이터에 일일이 카드키를 갖다 대야 했다. 나에겐 번거로운 정도였지만 엄마 경우는 달랐다. 할아버지조차도 카드키에서 자유롭지 못했으니 삼촌은 말할 것도 없었다. 그러니까 우리 가족에게 카드키 같은 건 또 하나의 벽이었고 그런 벽은 도처에 있었다. 피로가 쌓였다. 피로는 위축을 불렀다. 나도 그랬고 할아버지도 그랬고 엄마도, 삼촌도 그랬다. 일단 집에 들어오면 집 밖으로 나가려 하지 않았다. 너무 높아서 좁은 세상에 갇히고 만 꼴이었다.

그 피로감을 할머니 혼자 생활의 활력소라고 우겼다. '선택받은 극소수만 누릴 수 있는 최첨단 문화생활이 가져다주는 여유로운 긴장'이라나 뭐라나 알아듣지도 못할 말을 덕지덕지 갖다 붙였다. 내 머릿속 가위가 노는 대로 하면, '선택받은'이고 '극소수'고 '최첨단'이고 '문화생활'이고 '여유'고 간에 싹둑싹둑 다 잘라 내버리고 '긴장' 하나만 남겨 둘 일이었다.

그런데 할머니 혼자 억지를 부린 활력소라는 것도 오래가지 못했다. 카드키쯤은 자연스럽게 누릴 줄 아는 초고층아파트 주민들은 우리 가족을 조금도 자연스러워하지 않았다. 눈부시게 환한 초고속엘리베이터 안이나 사방이 번쩍번쩍하는 로비 같은 데서 선택받은 주민들이 우리 엄마나 삼촌을 대하는 시선이 느껴질 때면, 내 얼굴에 벌레가 기어 다니는 것 같았다. 얼마나 스멀스멀하던지, 예전에 살았던 동네 사람들이 우리 가족을 대놓고 쳐다보던 그 따가운 시선이 다 그리워질 정도였다.

남의눈 대처에 있어서 30년을 훌쩍 넘어서는 내공을 자랑한다는 할머니였으나, 최첨단 문화생활을 당연하게 누릴 줄 아는 주민들 앞에선 속수무책이었다. 선택받은 주민들은 겉으로 드러나지 않게 우리 가족을 자연스러워하지 않는 법을 알고 있었다. 여유로운 긴장을 즐긴다는 주민들은 겉으로 드러나지 않게 우리 가족을 경멸하는 법 또한 알고 있었다.

덕분에 은밀한 시선보다 노골적인 시선이 더 견딜 만하다는 걸 그때 나는 온몸으로 배울 수 있었다.

천국에 사는 사람들은 지옥을 생각할 필요가 없다고 하는데, 너무 높은 곳에 살다 보니 낮은 곳이 자꾸 생각났다. 처음 얼마간은 하루도 예전 집을 생각해 보지 않은 날이 없었다. 거실 소파에 앉아도, 침대에 누워도 몸이 공중에 붕 떠 있는 느낌 때문이었다. 식탁에 앉아서 밥을 먹을 때도 그 벙벙한 느낌은 가시지 않았다.

어디서 무엇을 해도 편치 않고 어떤 것에도 잘 익숙해지지 않던 그 느낌은 할아버지도 마찬가지인 것 같았다. 39층 창밖으로 내다보이는 광경에 아뜩아뜩 현기증만 난다고 했던 할아버지가 나는 걱정스러우면서도 다행이었다. 할머니 눈물 바람에 넘어간 죄로 할아버지는 나보다 훨씬 더 어지러운 하루하루를 견디고 있었고, 그렇다면 곧 다시 이사를 가게 될지도 모르는 일이었으니까.

당연한 순서이듯, 삼촌의 생활 반경도 바뀌었다.

삼촌이 금요일 점심쯤 집에 와서 월요일 아침에 생활관으로 가는 일상으로 바뀌기까지, 말하고 싶지 않은 일이 비일비재하게 일어났다. 아니 말로는 다 못할 일이었다.

주말에만 집에 머무는 삼촌이 밤새도록 잠을 이루지 못하는 일도 갈수록 잦아졌다. 잠들지 못하는 삼촌은 모두 잠든 시간에 거실과 주방과 화장실을 왔다 갔다 했다. 그러다가 삼촌이 방문을 벌컥벌컥 열어젖히는 일이 벌어졌다. 삼촌이 언제 내 방문을 열어젖뜨릴지 몰랐다. 할아버지가 이른 대로 방문을 잠갔지만 잠잘 시간이 되는 게 무서워졌다. 밤새 이 방 저 방을 쿵쾅거리던 삼촌이 머리통을 부여잡고 나뒹구는 일도 일어났다. 온 가족이 나서서 삼촌을 붙잡고 씨름을 벌이지 않으면 안 될 정도로 삼촌의 몸부림은 격렬했고 오랫동안 지속되었다.

선택받은 주민들이 제기하는 민원은 교묘하고 집요했다.

삼촌이 발작 증세를 일으킬 기미가 보일라치면 온 가족이 전전긍긍했다. 결국엔 삼촌을 데리고 허둥지둥 겹겹의 출입문을 빠져나가야 했다. 한밤중이든 새벽이든 간에 허겁지겁 그 망할 고공에서 벗어나지 않으면 안 되었다는 말이다.

삼촌을 데리고 양재천변으로 나갔다. 신선한 바깥바람을 쏘이게 하고 삼촌 마음대로 괴성도 지르게 했다. 곧 죽을 것처럼 괴로

워하는 삼촌의 고질적인 두통은 도통 가라앉지 않았다.

예전에 그랬던 것처럼, 삼촌이 가자고 하는 파주의 그 대중목욕탕으로 삼촌을 데려가는 수밖에 없었다.

그러기까지 적지 않은 시행착오를 겪어야 했다. 그 시간에 파주까지 가고 싶지 않았던 탓이 컸다. 서울하고도 강남을 다 뒤진 건 아니지만, 남다르고 이상스런 삼촌을 데리고 나타난 우리 가족을 받아 주는 대중탕은 없었다. 아니, 두어 군데 있기는 했다. 그런데 그 목욕탕에 들어서기도 전에 삼촌이 온몸으로 거부했다. 엄청난 발작으로. 감당 못할 괴성으로.

삼촌이 파주에 있는 그 대중탕을 기억하고 있다는 건 나중에 알게 된 사실이다. 삼촌이 그 온탕에 앉아서 쳐다보는 천장 무늬를 무척이나 좋아한다는 사실을.

일이 그렇게 돼서 파주에 있는 대중탕을 드나들기 시작했다. 그런데도 그 대중탕 가는 길에 있는 예전 동네는 한 번도 들르지 못했다. 나를 위소라 부르는 아이들을 하나도 만나 보지 못했다는 얘기다.

내 이름을 두고 나를 위소라고 부르는 아이들이었지만 파주를 갈 때마다 생각나지 않을 이유는 없었다. 잊을 만하면 한 번씩 카톡으로, 문자로 메시지가 날아들기도 했던 때니까.

위소,

잘 지내고 있겠지?

머리 자를 때가 되면 네 생각이 나.

참 이상하지?

난 하나도 이상하지 않았다. 높은 곳에 살면서 낮은 곳을 생각했던 나는 그 메시지를 단번에 알아보았다. 그래, 이렇게나마 날 그리워하고 있구나.

이사 오고 나서 할머니는 나를 데리고 학원부터 찾아갔다. 전학해서 6학년을 마저 다녀야 하는 초등학교보다 중학 과정 선행학습의 원조로 이름난 학원을 먼저 찾았다는 말이다.

학업이나 성적에 관해 전문적인 의견을 제시하고 조언을 해 준다는 '컨설턴트'들이 할머니에게 장황하게 '브리핑해' 보인 나에 대한 '진단'은 이랬다.

"일단은 하루도 빠짐없이 학원에 나오는 시간표를 베이스로 해서, 초등 6학년 수준의 국영수 수강을 기본으로 깔아 주고, 중등 1, 2학년 수준의 국영수를 주말 시간에 집중 배치해, 죽기 살기로 파고들면 중간치는 따라잡을 듯하나…… 결정적인 건 학부형의 지속적인 관심과 수강생 본인의 의지에 달린 것이라……."

내 의지와 상관없이 할머니 욕심껏 수강증을 끊었다. 할머니에게 끌려다니다시피 한 내 학원 성적은 다달이 곤두박이쳤다. 몇 군데인지 모를 학원 강의실과, 전학 간 학교 교실과, 너무 높아서 좁은 집을 빵빵이 치느라 내 정신이 어디 있는지도 모를 지경이었으니 빤한 결과였다.

언제부터인지는 모르겠지만 그 빤한 밑바닥 결과를 모른 척하는 할머니를 나도 똑같이 모른 척했다.

낮도깨비가 된 할머니가 내 밑바닥 성적을 드러내 놓고 나무랄 때도, 삼촌이 싸 놓은 똥이나 치우고 다니느라 더 정신이 없다는 변명 따윈 늘어놓고 싶지 않았다. 혹시라도 참다못한 내 입에서 구질구질한 변명이 새 나올까, 똥을 치우고 난 다음이면 가위부터 집어 들곤 했다.

웬만한 사내아이들보다 더 짧고 우스꽝스러운 머리 꼴을 하고 있어도 그 당장은 머릿속이 답답하지 않아 견딜 만했는데…… 지금 세면대 거울 속에 떠 있는 내 머리는 우스워도 너무 우습다. 짧아도 너무 짧고.

더 보고 있을 것도 없어 고개를 돌리는데 불쑥, 그 애 머리를 잘라 주고 싶다는 생각이 든다. 그 애가 보낸 카톡 메시지에 아무런 답도 하지 못했다는 생각 뒤로.

손을 씻다 말고 세면대 거울에 물을 휙 뿌린다.

쓸데없는 생각을 지워 버리기라도 하듯 휙휙.

불행하게도 어느 것 하나도 옳게 내다보지 못한 할머니는, 늦게 출근해 늦게 퇴근하는 할아버지가 깨우러 갈 때까지 자는 척 누워 있을 것이다. 아직 남아 있을 할머니 몸속의 새빨간 낮도깨비와 씨름을 벌이면서.

턱없이 많은 물과 한없이 더딘 동작으로 겨우겨우 설거지를 끝낸 뒤에도 엄마는 주방에 붙박여 있을 것이다. 눈에 띄는 모든 걸 엄마 눈높이에 맞춰 놓아야 하는 '정리'를 하느라.

아침부터 시작된 삼촌의 가위질은 쉬이 끝나지 않을 것이다. 소파 탁자 위의 신문 잡지가 다 잘려 나가도록.

뚝, 무지

이제까지 말한 내용을 한 단어로 하면 이렇다.

무지.

아는 것이 없다는 뜻이다.

중2 학과목은 물론 기초 상식에도 무지하고, 세상 물정은 물론 인간관계에도 무지하며, 다른 사람의 생각에도, 감정에도 무지한 것이 여러분의 현실이다.

그렇지 않다? 무지하지 않다?

당장의 반론은 고이 접어 두기 바란다.

무서우니까.

자신의 무지에 대해서조차 무지하다는 사실이 얼마나 무서운 건지, 자신이 무지하지 않다고 착각하고 있는 사실은 또 얼마나 무서운 건지 알고 싶지 않더라도 알게 될 테니까.

우리가 앞으로 겪게 될 대부분의 문제는 무지에서 발생한다. 내가 이제까지 보고 듣고 배운 바를 따르면 그렇다.

따라서 여러분 담임으로서 내가 처음 할 일은, 여러분이 무지하다는 사실을 일깨워 주는 거다.

그에 앞서 나 역시 여러분에 대해 무지한 현실을 받아들이고, 여러분을 하나하나 알아 나가는 일부터 시작할까 하는데…….

개학하고 처음 맞는 조회 시간, 나는 앞만 바라보고 있다.

또박또박 이어지는 담임 말은 알아들을 듯 말 듯 하다.

내 앞에 앉아 있는 검고 기다란 뒤통수들은 담임에게 집중하고 있는 것처럼 보인다.

조회가 끝나고 담임이 교실을 나가자마자 검고 기다란 뒤통수들이 마구 흐트러지더니 비명 같은 한숨을 터트린다.

한마디로 말해 우리를 단무지로 보겠다는 얘기 아냐?

중2 국영수 마스터는 기본이고, 중3 영수까지 해치운 우리보고 중2 학과목에 무지하다니, 그야말로 무지의 소치 아니니?

기초 상식 따윈 스마트폰이 다 알아서 해결해 주는 세상 아냐?

세상 물정 인간관계 그딴 건 알아도 탈, 몰라도 탈이라며?

공부만 잘하면 남 생각이나 감정 따윈 문제 되지 않는다며?

우리가 단무지덩어리라는 사실부터 일깨워 주겠다니 뭔 수로?

단무지덩어리를 하나하나 알아 나가겠다는 저 무지렁이 짓이야 말로 듣던 중 무서운 소리 아니니?

비명 같은 한숨마다 물음표를 매달고 있다.

1교시 시작을 알리는 벨소리에도 "아, 짱나!"로 시작하는 웅성거림은 가라앉지 않는다.

맨 뒷자리에서 나는 열 받은 뒤통수들을 바라보고만 있다.

봄방학 전날, 마자연 선생님 반으로 배정받은 아이들은 흥분한 것처럼 보였다. 배정받은 교실로 삼삼오오 모여든 아이들은 마자연 선생님에 대해 모르는 게 없는 것처럼 굴었다. 마자연 선생님 과목인 수학에 대해서도. 남다르다는 수업 방식에 대해서도.

그러든 말든 신경 쓰지 않으려 해도, 저희들끼리 앞 다퉈 꺼내 놓는 말마다 달라붙는 그 '마수'는 끝내 신경이 쓰였다.

마수를 3학년에 안 올려 보냈다고 난리가 났다는데!

마수를 한 번만 받아 봐도 광팬이 되지 않을 수 없대!

마수랑 붙으면 수신(수학의 신)도 백전백패라는데!

마수가 학원 진출하는 날이 학원재벌이 탄생하는 날이란다!

말끝마다 느낌표를 매달고 있는 저 '마수'가 대체 뭐라는 거야? 감질이 났지만 아이들에게 다가가거나 물어보지 않았다. 그건 내 방식이 아니었다.

"와, 저것들 말이 다 진짜면 수학은 이제 과외 받을 필요도 없겠다, 그치?"

불쑥 나타나 나에게 말을 걸어온 얼굴은 낯설지 않았다.

"너도 마수가 뭔지 궁금하지, 그치?"

저 혼자 들뜬 나머지 콧구멍이 벌름벌름하는 '그치'를 나는 시큰둥하게 내려다봤다.

"한마디로 말해 그게 '마법의 수학'이라는 거 아니냐! 한쪽에선 '마녀의 수학'이라고도 하고 또 다른 쪽에선 마……"

"마로 시작하는 걸 무조건 갖다 붙이려고 애쓸 필요 없단다."

그치 앞으로 쑥 들이민 얼굴도 처음 보는 얼굴은 아니었다.

"한마디로 '마자연 수학'이니까. 마자연이 아니면 할 수 없고 마자연이니까 할 수 있는 수학 해법이라고 해서 붙여진 이름이거든, 그 마수가."

"야, 대갈통 저리 치우지 못해. 큰 바위 같은 대갈통을 언다가 막 들이대고 난리야."

"너나 그 쩐내나는 주둥이 좀 치우시지. 알지도 못하면서 갖다 붙이기는. 마법만 있고 마술은 없냐? 마약은 아니고?"

"귓구멍에 큰 바위 대갈통이라도 박았냐? 저쪽에서 애들이 떠드는 소리 안 들려? 다들 마법이라고……"

"쟤들이 알면 얼마나 안다고 쟤들 말을 따냐?"

"우리끼리 있는 데 방해 말고 그 큰 바위나 좀 치우시지."

"우리끼리는 누가 우리끼리라고……"

"큰 바위가 눈깔로 가 박혔냐? 지금 우리 둘이서 얘기……"

"둘이서라니? 가만있는 이솔한테 일방적으로 떠드는……"

내가 뒤로 빠지거나 할 틈도 없었다. 순식간에 벌어진 일이었으니까. 나를 가운데 두고 대갈통과 주둥이가 목청껏 말 파편을 튕겨내는 걸 멍하니 보고 있을 밖이었다. 이쪽을 흘끔거리던 아이들이 몰려오기 전까지는.

전에 없던 일은 아니었다. 졸지에 당한 일이라 더 어처구니가 없었지만. 나머지 아이들까지 우르르 모여들자 대갈통은 진짜 큰 바위 같았고 주둥이한테서도 쩐내가 풍겨 나왔다.

뻰치는 성질대로 하자면, 가위를 꺼내 들고 휙휙 돌리기라도 할 일이었다. 그런데 대갈통과 주둥이가 지껄인 '마자연 수학'이라는 말이…… '마법의 수학'이…… 내 머릿속을 빙빙 맴도는 것이었다. 선불리 가위부터 꺼내 들고 할 일이 아니라는 듯이.

중학생이 돼서도 나는 또래에게 별 관심을 두지 않았다. 초등학교 때 전학 와서도 반 아이들에게 별 관심이 없었듯이. 너무 높은 집에 살면서 예전 집을 생각하지 않은 날이 없었는데도 예전 학교 생각은 잘 나지 않았듯이.

예전 학교나 전학 온 학교나 아이들도 선생님들도 별다른 차이가 없었다. 그때나 저때나 거기나 저기나, 내 또래 여자애들은 하나같이 머리가 길었다. 어깨를 내리덮고 등짝까지 내려오는 기다란 머리에 웨이브를 넣거나 알록달록한 머리핀을 꽂고 있는 모양마저도 똑같았다. 인조보석이 박힌 머리띠를 하거나 말총머리를 하고 있는 것도 다르지 않았다. 어디를 가도 어디를 봐도, 몇몇 남자애들 말고는 귀가 훤히 드러나 보이는 짧은 머리는 나밖에 없었다.

내 또래 여자애들 가슴이 탁구공처럼 터져 나오기 시작해서 셔츠 위로 제 존재를 드러내고 있는 것도 다르지 않았다. 거기나 저기나, 탁구공이 갓 생겨난 여자애들 틈바구니에서 민판 가슴은 나밖에 없었다. 고만고만한 또래들 사이에서, 남자애들 한둘을 빼면, 머리 하나가 쑥 솟아오른 것도 나밖에 없었다.

남다른 모양은 쉽게 남의눈에 띄었다.

남다른 내 존재를 드러내고 싶지 않았다.

짧은 머리와 민판 가슴과 멀쑥한 키를 내 또래들 속에 섞이지 않게 했다. 가능한 한 아이들한테서 멀리 떨어져 적당한 거리를 유지했다. 거리를 유지하기 위해선 내 또래들에게 관심을 갖지 않는 게 최선이었다.

중학생이 돼서도 나는 그 방법을 고수했다. 누구에게든 관심을 보이지 않았다. 학교 식당이나 매점은 물론이고 화장실에 갈 때조차도 삼삼오오 몰려다니는 아이들한테서 적당히 물러나 있었다.

그랬어도 초등학교 때와 같지는 않았다. 남학생이 없는 학교에서, 똑같은 교복 차림을 한 여학생들 가운데서 남다른 내 모습이 더 쉽게 눈에 띄는 탓도 없지 않았다.

어머나, 깜짝이야, 나를 보고 놀란 또래들이 나를 슬슬 피하던 게 언제인가 싶게 나를 동물원 원숭이 보듯 할 때도 있었다. 호기심이 왕성하지 않더라도 자기들과 다른 모습을 하고 있는 나를 가만 내버려두지 않았다. 공연히 나를 툭툭 건드렸고 이모저모 상관하려 들었다. 특히 학교 선배라는 위인들은 더더욱.

나에게 관심을 보이는 아이들에게 일일이 대응하지 않는 것엔 한계가 있었다. 참다못해 가위를 꺼내 든 적도 있지만, 내 머리칼을 잘라 내듯 내게 다가오는 아이들을 싹둑싹둑 다 잘라 낼 수는 없었다.

봄방학 전날, 자기들 마음대로 나를 가운데 놓고 대거리질을 벌인 대갈통인지 큰 바위인지, 주둥이인지 떠버리인지는 가위를 꺼내 들기 전에 등져 버렸다. 그길로 교실을 나와 버렸지만 대갈통과 주둥이가 앞 다퉈 내놓은 말은 등지지 않았다.

마자연 수학이라…… 마법의 수학이라…….

머릿속을 맴도는 그 '마수'가 아니었다면, "그 정돈, 혼자 해도, 얼마든지 따라잡을 수 있어요. …… 맘만 먹으면요." 하는 말은 할아버지에게라도 꺼내 놓지 않았을 것이다.

*　　*　　*

"글쎄, 네 말 다 알아들었다고 했잖아."

건성으로 대꾸하면서 할머니는 관리비 고지서에서 눈을 떼지 못하고 있다. 어찌나 고부라지게 고지서에 코를 박고 있는지, 지옥에 살면서 천국을 생각하듯 할아버지와 나는 너무 높은 집에 살면서 낮은 집을 생각했는데, 할머니는 초고층아파트의 관리비 고지서를 받을 때마다 예전 집을 생각했을지도 모르겠다는 생각이 든다.

활짝 열리는 게 당연한 창문이, 초고층아파트에선 열리다가 말았다. 열리다 마는 창문보다 열리지 않는 창문은 더 많았다. 열리지 않는 사방 창으로 햇빛이 빗발치듯 내리쏟아졌다. 겨울 무렵엔 반가운 햇빛이지만 더 힘센 놈이 나타나 햇빛을 잡아먹곤 했다. 이름 하여 빌딩바람이다. 골바람 뺨치는 빌딩바람이 회오리칠 때마다 관리비 고지서 요금도 덩달아 회오리를 쳤다. 빌딩바람이 넘나드는 봄 무렵부턴 햇빛이 통째로 쳐들어왔다.

에어컨이 밤낮없이 돌아갔던 그해 초여름, 할머니는 관리비 고지서에 적힌 전기요금이 맞는지 몇 번이나 확인해야 했다. 명세서 내용이 맞는지 묻고 또 묻는 할머니 목소리가 쩍쩍 갈라져 나왔다. 삼촌이나 엄마가 관계된 일이 아닌데도.

"다 알아들었다면서 학원은 왜 자꾸 가래요?"

관리비 고지서에서 눈을 떼지 못하고 있는 할머니 입에서 한숨이 푹 터진다. 전기요금 폭탄을 맞을 때마다 할머니가 예전 집을 생각했을 게 틀림없을 것 같다. 활짝 열리는 게 당연한 베란다 창문을. 주방 쪽 창문을 열어젖히면 뒷동산에서 불어오는 바람이 시원하게 맞바람 치는 그 낮아서 넓었던 집을.

마침내 할머니가 고지서에서 코를 떼고 나를 쳐다본다.

"아무리 날고뛰는 선생이라도 수학은 어림없다고 했잖아. 애들 간에 실력 차이가 크게 나는 수학을 학교 교실에서 무슨 수로 다 만족을 시켜. 어림없지."

"어림없는지 어떤지 수업을 받아 볼게요."

"받아 봐서 아니면 어쩌려고? 그때 가선 늦으니까 학원을 그만두지 말라는 얘기잖아. 네 말 다 알아들었다는데, 왜 이 할머니 말을 귓등으로도 안 들어?"

"할머니는 수학이 암기과목이라고 믿고 있잖아요."

"암기과목이 아니면, 그럼?"

"무조건 공식 외우고, 시험에 나올 만한 문제를 반복해서 푸는 건 하기 싫어요. 정말 재미없어요."

"아니 공부를 무슨, 재미로 해? 공부하는 게 재미있으면 공부 못할 사람이 어디 있다고?"

"사람들이 다 할머니 같지는 않아요. 마수도, 담임도 그랬어요. 무조건 달달 외우지 않고도, 문제 풀이 방식을 스스로 찾아낼 수 있는 재미있는 공부도 얼마든지 할 수 있다구요."

"나도 잘나가는 학부형한테까지 알아볼 거 다 알아보고 들을 거 다 듣고 해서 내린 결론이야. 네 담임이 아무리 날고뛰는 실력자라도 수학은 어림없어. 너희가 하는 수학은 암기과목이야. 이 땅에선 남보다 먼저 외우고 남보다 먼저 문제를 많이 푸는 게 장땡이야. 섣부르게 굴지 말고 학원은 계속 다녀."

"할머닌 정말……?"

"모두를 위한 교육 같은 건 없어. 재미있는 공부도 없고."

"할머닌……?"

"다 너 위해서 하는 소리니까 잔말 말고 시키는 대로 해."

"……?"

"그 좋은 학원을 다닐 수 있는 게 복인 줄도 모르고 깝죽이긴. 얼른 밥 먹고 학원이나 가."

내뱉지 못한 물음표들로 배가 그들먹한 상태다. 더부룩한 배 속에 뭐든 들어갈 것 같지도 않다. 아침에도 꾸역꾸역 먹은 볶음밥이라면 더더구나.

할머니 얼굴이며 목소리가 그새 뻘겋게 상기되어 있다. 할머니

하고 단 둘이 있는 시간은 줄이면 줄일수록 좋다. 삼촌이나 엄마 일이 아닌데도 느닷없이 새빨간 낯도깨비가 되고 마는 게 요즘 들어 나타난 할머니 증세니까. 여기서 더 길어지면 할머니 입에서 또 무슨 암호가 튀어나올지 모른다.

초고속엘리베이터 거울에 내 모습이 훤히 비친다. 더 자를 것도 없는 짧은 머리를 긁적이다가 마구 헝클어 버린다.

문득, 조회 때 담임이 한 말이 떠오른다.

무지.

할 수만 있다면 그 무지를 할머니에게 돌려주고 싶다. 수학을 암기과목이라고 단언하는 할머니에게. 문제 유형이 조금만 달라져도 헤매게 되는 문제점을 해결 못 하는 학원 따위를 신봉하고 있는 할머니에게. 내 말을 다 알아들었다고 바득바득 우기는 할머니에게.

담임 말이 맞는 것 같다. 자신의 무지에 대해서조차 무지하다는 사실이 얼마나 무서운 건지 알고 싶지 않더라도 알게 될 거라는 말이. 내 생각에도, 내 감정에도 무지하면서 나에 대해 모든 걸 알고 있다고 착각하고 있는 할머니보다 더 무서운 건 지금 내게 없으니까.

대부분의 문제가 무지에서 발생한다는 말도 맞는 것 같다. 이 땅에 사는 한 모두를 위한 교육 같은 건 없다고 확언하는 할머니의 맹목에서 내 모든 문제가 생겨나는 것 같으니까.

그렇다면 이제 내가 할 일은 하나밖에 없다. 할머니 자신이 무지하다는 사실을 할머니가 스스로 알게끔 하는 거다. 그러기 위해선 나 역시도 할머니에 대해 무지한 현실을 받아들이고 할머니를 하나하나 알아 나가야 할……

띠링!

초고속엘리베이터가 로비에 도착한 벨소리에 정신이 확 든다.

문이 열리기 직전에 헝클어진 머리를 재빨리 수습한다.

문이 열리고 초고속엘리베이터에서 맥없이 빠져나온다.

배 속에 가득 찬 물음표까지 덩달아 빠져나가는 느낌이다.

선택받은 주민들 사이에서 할머니가 엉거주춤 끼어 있는 것처럼 보이기 시작한 게 오래전이다. 할머니가 아무리 남부럽지 않은 옷차림을 하고 있어도, 어떤 안 좋은 상황에서도 미소를 잃지 않고 있어도, 심지어 할머니 옆에 엄마랑 삼촌이 나란히 함께하지 않은 날에도 눈에 띄게 활력을 잃어 가고 있는 게 지금의 할머니 모습이다.

날이 갈수록 초라해 보이는 할머니가 관리비 고지서에서 눈을 떼지 못하면서도 저 높은 곳에서 내려올 생각을 못 하는 게 누구 때문인데…….

허탈감을 추스르기라도 하듯 발걸음을 빨리한다.

로비를 지키는 경비아저씨가 나를 알아보고 웃음을 건넨다.

지난번처럼 "요즘은 너희 집에 별일이 없는 것 같아 다행"이라는 둥 "언제라도 일이 생기면 즉각 호출하라"는 둥 말을 붙여 올까 내 발걸음이 더 빨라진다.

무표정한 내 얼굴이 비칠 정도로 빤질빤질한 대리석바닥에 내 운동화발이 휙휙 미끄러진다.

마침내 초고층아파트에서 빠져나온다.

할머니를 하나하나 알아 가기는커녕, 할머니한테서 한시바삐 빠져나가고 싶은 심정뿐인 걸 내 몸이 먼저 알아차린다.

물음표마저 빠져나가 버린 빈속이 쓰려온다.

잠깐, 꽃

"꼿 어써, 꼿 어써, 꼿 어써……."

엄마가 중얼중얼하는 소리에 나는 움찔한다.

'내가 입 밖으로 저 말을 냈나?'

고개를 저으면서 나는 엄마를 바라본다.

"꼿 어써, 꼿 어써, 꼿 어써……."

엄마는 늘 남이 하는 말을 따라서 한다. 조음장애가 뚜렷하게 드러나는 불분명한 발음으로. 누가 하지 않은 말을 엄마가 말하는 일은 일 년에 서너 번이 될까 말까 한다.

엄마가 또 말한다.

"꼿 어써, 꼿 어써, 꼿 어써……."

내가 머릿속으로 생각한 말이다.

'꽃이 없네. 꽃이 벌써 지고 없네.'

집 앞에 와서 활짝 열린 대문 안쪽을 보자마자 든 생각이었다. 너른 마당에 있는 나무들을 하나둘 찾아보자마자 든 생각이었고.

"꼿 어써, 꼿 어써, 꼿 어써……."

나는 엄마가 하는 말을 가만히 듣고 있다.

몰랐는데, 엄마 말이 고팠던 모양이다.

뒤통수가 근질거려서 뒤돌아보니, 증조할아버지가 평상에 앉아서 나랑 엄마를 지켜보고 있다. 할머니는 '아버지'라 부르고 할아버지는 '장인어른'이라고 부르는 할아버지다. 나는 '외외증조할아버지'라고 불러야 한다는데 그렇게 길게 불러 본 적은 없다.

나는 하던 대로 인사를 한다.

"안녕하세요?"

"오오냐. 너도 안녕하지?"

증조할아버지도 하던 대로 인사를 받는다. 손에 든 오토바이 헬멧을 번쩍 들어 올리는 것만 다르다. 증조할아버지가 할아버지보다 나이가 훨씬 더 많다는데 겉보기엔 별로 차이가 없다. 오늘은 더 차이가 없어 보인다. 증조할아버지가 오토바이를 탈 때 갖춰 입는 옷차림이어서 그런 것 같다. 증조할아버지가 헬멧을 평상에 놓고 자리에서 일어나더니 이쪽으로 발걸음을 옮긴다.

"네 엄마가 뭐라고 하는 소리냐? 듣자니, 뭐가 없다고 하는 소리 같은데."

"꽃이 없다는 소리예요."

"꽃이 없다니…… 눈앞에 깔린 게 죄다 꽃이구먼?"

증조할아버지 말이 맞다. 이 마당에 꽃은 없지 않다. 당장 눈앞에 펼쳐진 게 철쭉꽃이고 영산홍이다. 사시사철 꽃들이 만발한 이 마당에는, 연보랏빛으로 다홍빛으로 꽃무리지어 담장 안팎에 흐드러진 저 꽃들 말고도 이름 모르는 꽃이 지천으로 피어 있다. 그런데도 그 꽃들이 내 눈엔 들어오지 않았다는 얘기다. 엄마 눈에도 들어오지 않았다는 얘기고.

"저번에 봤던 꽃이 없어졌다는 소리예요."

"저번에 봤던 꽃이라, 어떤 꽃 말이냐?"

"저 멀리 안쪽에 있었어요. 아, 이쪽 나무에도 좀 있었고요. 하얗고 조그만 꽃들이 나뭇잎 사이사이에 숨어 있었어요."

"아하, 매화꽃을 말하는구나. 이쪽 나무 건 감꽃이고, 저 멀리 바깥쪽 나무에도 희고 조그마한 게 피었을 게다. 모과꽃이지."

그 휘황한 봄날에 하얗고 조그맣게 피어난 꽃들은 매화꽃이다. 감꽃이고 모과꽃이다.

"고 이쁜 놈들을 용케도 알아봤구나. 나 꽃이오, 나 여기 있으니 보시오, 자랑하는 저놈들을 다 놔두고."

"너무 빨리 없어졌어요."

"과실나무 꽃들은 잠깐이지. 아주 잠깐."

"왜요?"

"과실나무 꽃들은 할 일이 아주 많거든. 무엇보다 제때제때 정받이를 해서 부지런히 열매를 맺어야 하고……"

"정받이요?"

"으음, 네가 올해 몇이냐?"

"열다섯이에요. 중2고요"

"아이코, 네가 벌써 그 무섭다는 중2구나."

"초딩 때가 더 무서웠대요, 저는요."

"흠, 그러냐?"

"전 잘 모르겠는데 사람들이 그래요."

"그랬겠구나. 중2짜리가 고 이쁜 놈들을 다 알아보는 걸 보면. 그럼 정받이가 암수 수정보다는, 암수가 서로 정분났다고 하면 더 금방 알아듣겠구나."

"아하……, 으흠……, 좀 웃겨요."

"으하하하…… 말뜻을 단박에 알아들었구나. 웃는 품새를 보아하니 초딩 때 더 무서웠다는 소리가 헛말이 아니겠구나."

"할아버지도 만만찮아 보여요. 중2 무서운 것도 아시고, 정받이 같은 것도 쉽게 알려 주시고, 저 엄청난 헬멧 쓰고 오토바이도 막 타시고…… 오토바이 타는 옷차림은 진짜 더 그래 보여요. 왕년엔 좀 많이 노셨을 거 같아요."

"으하하하…… 그냐? 인석이 진짜로 뭘 좀 볼 줄 아는구나. 그래 이 할아비가 소싯적엔 좀 많이 놀았다. 됐냐. 으하하하……."

증조할아버지가 웃는다. 자꾸자꾸 웃는다. 으하하하 웃는다.

"솔아 오늘은 일찍 가지 말고 기다려라. 저 엄청난 헬멧 쓰고 한 바퀴 획 돌고 올 테니 같이 저녁 먹자꾸나. 으하하하……."

증조할아버지가 떠난 자리에 꽃들이 히죽히죽 웃고 있다. 없는 꽃일랑 찾지 말고 있는 꽃이나 잘 봐 달라는 듯이 철쭉꽃이 영산홍이 꽃잎이 찢어져라 히죽히죽 웃고들 있다.

"꼿 어써, 꼿 어써, 꼿 어써……."

엄마는 말을 멈추지 않는다.

"할아버지?"

할아버지가 밥숟가락을 입에 넣으려다 말고 나를 본다. 어른들이 앉아 있는 밥상머리에서 왜 큰 소리를 내냐는 눈빛으로.

술잔을 입으로 가져가던 증조할아버지가 나를 보고 말한다.

"오냐."

"할아버지 말고요…… 우리 할아버지요."

"이런 말버릇이 있나. 증조할아버지라고 불러 드려야지."

나를 나무라는 할아버지를 증조할아버지가 막는다.

"호칭이란 게 자꾸 불러서 입에 붙어야 나오지 억지로 시킨다고 나오겠나?"

"아, 예, 죄송합니다, 아버님."

"이깟 일에 죄송은 무슨. 학교 선생님도 길다고 '샘'으로 줄여 부르는 세상 아닌가. 할아버지도 아니고, 증조할아버지는 오죽이나 길어야지. 안 그냐, 솔아?"

"예, 좀 그래요."

"그럼 이참에 좀 줄여 줄까? 느이 할아버지는 할배로, 이 증조할아버지는 왕할배로. 어째, 마음에 안 드냐?"

증조할아버지와 내 기색을 번갈아 살피는 할아버지 안색이 어두워진다.

"그럼 이왕에 떼는 거 한 글자 더 떼서, 왕배는 어떠냐?"

"왕배는 좀 그래요. 왕할배도 맘에 쏙 들진 않지만요."

"그냐? 그럼 네 맘에 쏙 들게 직접 줄여 볼 테냐? 이 할아비가 듣기론, 네가 뭘 잘라 내고 하는 걸 아주 잘한다고 하더구먼."

할아버지 안색이 굳어진다. 내가 뭘 잘라 내는 걸 아주 잘한다는 말이 농담이라 해도 편치 않다는 듯이. 내 입장에선 별것 아닌 일에 안색부터 변하는 할아버지가 더 편치 않다.

나는 증조할아버지를 보고 말을 잇는다.

"그냥 증조할아버지라고 할게요. 우리 할아버지도 원래는 외할아버지인데 '외'를 줄여서 할아버지라고 하는 거잖아요. 외외증조할아버지는 진짜 길지만, 비슷하게 '외외'만 줄여서 증조할아버지로 불러 드릴게요."

"그래 주면 할아비야 고맙다만, 급할 땐 왕할배도 오케이다."

"줄이려면 왕할배보다는 꽃할배가 더 잘 어울리세요. 요즘 유행을 따라 가는 거 같아 좀 걸리지만요."

"으하하하…… 꽃할배라. 좋구나, 꽃할배. 꽃할배로 불러 준다면야 이 할아비는 더 오케이다. 으하하하 고놈 참……."

할아버지가 증조할아버지보다 나이가 훨씬 적은데도 비슷하게 보이는 이유를 알겠다.

표정!

별것도 아닌 일에 으하하하 웃음부터 터뜨리고 보는 증조할아버지와, 별것도 아닌 일에 안색부터 변하고 보는 할아버지 차이다. 표정만 놓고 보면, 오늘따라 안색이 자꾸 더 굳어지는 할아버지가 증조할아버지보다 열 살은 더 많아 보인다.

할아버지보다 열 살은 더 생생해 보이는 증조할아버지가 더 크게 더 자주 웃었으면 좋겠다. 슬쩍슬쩍 웃음을 머금는 할아버지가 큰 소리로 따라 웃을 수 있게.

산할머니네 밥은 언제 먹어도 맛있다. 소나무 향내가 나는 커다란 나무식탁에 산할머니가 뚝딱뚝딱 차려 주는 밥은 언제나 배부르게 먹었는데 오늘 저녁밥은 더 술술 넘어간다. 씹기도 전에 밥이 꿀떡꿀떡 넘어간다는 뜻을 알겠다.

산할머니는 나한테 외이모할머니가 된다. 증조할아버지를 '아버지'라고 부르고 할아버지를 '형부'라고 부르고 할머니를 '큰언니'라고 부르는 이모할머니를 내가 산할머니라고 부르는 이유는 간단하다.

산 같기 때문이다.

산은 내가 제일 좋아하는 것 중 하나다. 언제부터인지는 모르지만 산은 생각하는 것만으로도 마음이 편해진다. 산은 잠깐 오르기만 해도 기분이 좋아진다. 산은 갈 때마다 더 좋아지고 다음에 또 와야지 하는 생각이 들게 한다. 그리고 산에 가면 언제 배웠는지도 모르게 뭔가를 배우게 된다. 또 언제 느꼈는지도 모르게 뭐든 느끼는 게 생긴다.

어렸을 땐 몰랐는데 크면서 알게 되었다. 이모할머니한테서 산 냄새가 난다는 걸. 이모할머니가 산 같다는 걸. 내가 산할머니 할 때마다 어른들이 물었다. 왜 이모할머니를 산할머니라고 부르느냐고. 내 대답은 똑같았다.

"산 같으니까요."

오늘도 산할머니가 일러 준 대로 밥을 먹고 있다. '덖은 강냉이를 넣고 팔팔 끓여 식힌 옥수수차'에 식은 밥을 말아서 한 술 뜨고 '보리굴비'를 한 점 얹어 먹는다.

"세상에 이렇게 구수하고 감칠맛 나는 게 있다니!"

나도 모르게 나온 소리에 어른들이 웃음을 터뜨린다.

"네가 구수한 걸 알아? 감칠맛을 알고?"

산할머니가 말하면서 또 웃음을 터뜨린다. 으하하하…… 한참 웃고 나서 새삼스러운 듯 나를 보는 산할머니를 나도 마주 본다. 웃고 있는 산할머니 얼굴을 보니 증조할아버지하고 닮은 것 같다. 장난스럽게 웃고 있는 눈매가 특히.

"아버지가 한 건 올리셨어요. 웬일로 보리굴비 인심을 다 쓰시나 했는데 솔이가 그 맛을 알아보네요."

이 식탁에서 밥을 먹는 동안 나는 엄마는 신경 쓰지 않는다. 옥수수차에 만 밥을 엄마가 자꾸 흘리든 말든. 증조할아버지가 엄마와 나에게 특별히 인심 쓴 보리굴비는 손도 대지 않고 집에서 먹는 무말랭이장아찌만 집어 먹든 말든.

밥을 배부르게 먹고 나서 엄마가 설거지하는 것을 옆에서 돕고 있다. 일 년 전부터는 꽤 여러 번 와 본 주방인데, 엄마는 이곳을 처음 온 것처럼 헤맨다.

냉장고 문을 활짝 열어놓고도, 반찬을 담은 그릇을 엉뚱하게 싱크대 수납장에 올려놓는다.

개수대에서 그릇을 수세미질하고 부시는 사이, 수도꼭지에서 물이 하염없이 쏟아지고 마구잡이로 튄다.

물에 헹군 그릇을 어디에 둘지 몰라 하다가, 그릇 몇 개를 바닥에 떨어뜨리고 만다.

엄마가 그러든 말든 나는 신경 쓰지 않는다. 개수대에서 물이 철철 흘러넘치고 접시가 와장창 깨져 나가도 별 탈이 없을 것 같기 때문이다. 산할머니가 엄마 옆에 있는 한은.

마루에서 할아버지랑 증조할아버지가 술상을 앞에 놓고 주고받는 소리가 자장가로 들린다. 잠들지 않으려고 내가 좋아하는 『노인과 바다』를 폈는데도 눈꺼풀이 자꾸 내려 감긴다.

"어멈은 우주한테 갔다지. 그래 우주는 좀 어떤가? 약을 잘못 먹는 바람에 아주 혼났다고 들었는데."

"예, 약 기운은 웬만치 가라앉았습니다."

"어찌된 일인가 그게? 어멈한테 잠깐 듣기론, 우주하고 같이 지내는 녀석이 제가 먹는 약을 거기 애들에게 마구잡이로 나눠 먹인 모양이던데."

"예, 그룹홈에서 숙식을 같이하는 멤버들 중 그 녀석 상태가 그나마 좀 나은 편입니다. 그래선지 생활을 담당하는 선생이 자리를 뜨거나 관리가 소홀한 틈을 타서 녀석이 멤버들을 상대로 종종 그런 짓을 저질렀다고 합니다."

"저런, 그럼 그 위험한 짓을 여태 까맣게 몰랐다는 겐가?"

"변명 같습니다만, 그간 우주는 집에서 자는 날이 더 많았던 데다 또 크게 당한 적도 없고 해서요. 그렇잖아도 우주가 제가 먹는 약이 과해 몸 상태가 좋지 않았는데, 그 약물을 받아먹고는 된통 증세를 보이는 바람에 집사람이 사정을 알아보던 중 밝혀진 일이다 보니 사태가 심각했습니다. 이번 우주 일이 아니었다면 그냥 지나쳤을 문제여서……."

"쯧쯧, 선무당이 사람 잡는 것도 아니고 원……. 성치 않은 녀석들끼리 떼로 모여 거주하다 보니 별일이 다 생기겠지만, 이번 사태는 단단히 잡도리해야 할 문제 같네. 그나저나 그 약물이라는 게 어떤 건가?"

"그룹홈의 멤버들이 어느 정도는 매일같이 복용하고 있는 약입니다. 신경안정제를 포함해, 멤버들마다 조금씩 다르게 나타나는 특정 증상을 완화해 주는 치료제로, 멤버들이 그동안 계속해서 먹어 온 약입니다. 앞으로도 계속 먹어야 하는 데다 약이 줄어들기보다는 더 늘어나지 않기만을 바라는 상황이라…… 어려운 문제입니다."

"우주가 그 옛날부터 먹어 온 약을 이제껏 먹고 있으니 몸이 안 좋을 밖에……. 몸에서 안 받아서 약을 덜 먹이거나 끊으면 잠을 통 못 자 괴롭고…… 이래저래 참 어려운 일이네. 어련히 잘들 알아서 처리할까마는, 이번 일은 그 녀석도 문제지만 관리하는 선생들한테도 문제가 있는 게 아닌가 싶네. 그렇잖아도 약 때문에 고생인 우주가 그 지경이 되도록 몰랐다니 하는 말일세."

"예, 그룹홈 선생들한테도 문제가 좀 있는 모양입니다. 지금도 다들 제 사는 데 바빠서 애들만 맡겨 놓고 그룹홈이고 생활관이고 제대로 들여다보지 못한 저희들이 가장 큰 문젭니다만."

"거기 아이들 나이가 이제 어떻게들 되나?"

"서른 초반에서 마흔 가까이 됩니다."

"벌써 그리들 되었구먼. 비가 오나 눈이 오나 어멈이 세주를 들쳐업고 우주 손을 잡고 해서 몇 번씩이나 버스를 갈아타고 병원을 찾아 헤매던 때가 엊그제 같은데. 자넨 그때 회사일로 한창 바쁠 때였지."

"예…… 그때 일 가지고 집사람이 싫은 소리를 하면 제가 입이 열 개라도 꼼짝을 못합니다."

"저런, 자네가 정부 일을 그만두고 기업에 들어간 게 누구 때문인데! 그리 돈벌이를 해서 그 높은 병원 문턱을 넘은 덕에 지금의 생활관 멤버들도 알게 된 게 아닌가. 그때만 해도 자폐증에 대해 누군들 뭘 알았어야지. 그때 막 미국에서 공부하고 나온 그 의사 선생이 아니었으면, 우주가 대체 왜 그러는 건지, 더 늦도록 깜깜 몰랐을 거 아닌가. 그나마 다행이지. 그나마 고마운 일이고."

"예, 아버님."

"나라에서 나 몰라라 방치했어도, 돈도 좀 있고 배운 것도 좀 있는 부모들이 앞장을 선 덕분에 그 옛날에 그 생활관이라는 것도 만들 수 있었던 거 아닌가. 생각하면 참 고마운 일이지 뭔가. 왜 그러는지도 모르면서 제 안에 갇혀 있어야 하고, 그걸로도 모자라 제 집, 제 방에만 갇혀 지내야 하는 아이들이 수도 없었을 테니 하는 말일세. 그래도 사람 욕심이란 게 어디 끝이 있나. 어쩔 수 없이 자꾸 우주를 성한 애들하고 비교를 하며 힘들게 다그친 세월이……."

"예…… 아버님."

비몽사몽간에도 목멘 소리가 들려오자 잠이 슬며시 달아나 버린다.

"그나저나 솔이 녀석이 참 대견하이. 언제 봐도 제 엄마 곁에 딱 붙어 있는 걸 보면. 친구들 만나랴, 학원 다니랴, 제 일만 해도 쉽지 않을 텐데."

내 이름까지 들려오자 등받이에 기댄 상체가 주춤 움츠러든다.

"자네도 전 같지 않을 텐데, 작은 회사나마 두 군데나 나가서 일을 봐 주고 있다며? 일을 좀 줄이는 게 낫지 않겠나?"

잠자코 있던 산할머니가 불쑥 말을 꺼낸다.

"형부니까 퇴직 뒤에도 두 군데서 고문을 맡고 있지만, 큰언니가 돈이며 시간을 부질없이 잡아먹는 그 높은 데서 내려오지 않는 한, 마음 약한 우리 형부는 일을 줄이고 싶어도 못 줄인다네요."

"일이 그리되는 겐가?"

"다 제가 못나서 그렇습니다. 아버님껜 늘 면목 없는 일뿐이라……."

술잔에 술 따르는 소리만 들린다. 술 따르는 소리만 연이어지니까 산할머니가 괜한 말을 했다는 생각이 든다. 산할머니 말이 틀린 데가 하나도 없는데도.

엄마가 아직까지 주방에서 나오지 않고 있다. 손에 잡히지 않는 주방에서 '정리'를 하느라고 끙끙대고 있을 엄마를 산할머니가 마냥 내버려 두고 있는 것도 신경이 쓰이기 시작한다.

할머니는 산할머니가 엄마에게 설거지 같은 걸 시키는 걸 몹시 못마땅해 한다. 할머니가 눈알을 곤두세우고 "눈에 넣어도 아프지 않은 내 자식한테 왜 멋대로 허드렛일을 시키느냐"고 따졌을 때 산할머니가 정색하고 대답한 말이 있다. "일을 시키는 게 아니라 일을 맡기는 거고 허드렛일은 없다"고.

할머니가 뻔히 보고 있는 데서 산할머니가 엄마에게 청소나 설거지를 '부탁'할 때마다 나는 일을 '시키기'보다 일을 '맡기는' 거라는 생각이 들었다. 지금도 그 생각엔 변함이 없다.

그런데도 '정리'에 붙들려 있는 엄마가 걱정되는 건 어쩔 수 없다. 아닌 척하려고 해도 책장이 휙휙 넘어간다.

"가만 있자…… 우리 솔이 주려고 했던 책이 어디 있더라."

산할머니가 자리에서 일어나 작은방으로 가더니 책 한 권을 들고 나온다. 파란색 표지가 눈에 확 들어오는 책이다.

"자, 네가 읽고 또 읽는 『노인과 바다』에 버금가는 『소년과 바다』! 『노인과 바다』를 오마주한 작품이야."

"오마주요?"

"이 책을 쓴 작가가 너처럼 『노인과 바다』를 아주 많이 좋아해서 존경하는 마음으로 『소년과 바다』를 썼다는 얘기지. 이 경우엔 오마주를 우리말로 하면…… 기리다? 그래, 기리다가 맞겠다. 기리다가 무슨 뜻인지는 알지?"

"예, 배우긴 했어요. 음…… 선열의 얼을 기리다."

"왜 선열의 얼만 기리냐? 선열의 거시기도 기려야지!"

증조할아버지가 끼어들어 말하는데 좀 취한 목소리다.

"그 『소년과 바다』에도 꽤 재미난 늙은이가 하나 나오던데 잘 읽어 보고 그 늙은이하고 이 꽃할배하고 누가 더 재미나는지 꼭 말해 줘야 한다."

"보나 마나 증조할아버지가 더 재미나겠지만 그래도 끝까지 잘 읽어 볼게요."

"아이고, 그리 말해 주니 고맙구나. 으하하하…… 고놈 참."

증조할아버지를 따라서 할아버지도 슬며시 웃음을 머금는다. 그사이 그 오래고 더딘 '정리'를 마침내 끝내고 온 엄마를 안쓰럽게 바라보고 있는 할아버지 눈이 그다지 어둡지도 않다.

술기운이 오른 증조할아버지는 아까 한 말을 하고 또 한다.

"늙으면 아이가 된다는 말이 있지. 늙어 보니 맞는 말이네. 아이는 자기중심적이지. 늙은이도 자기중심적이 된다네. 근데 그게 나쁘지가 않아. 아주 괜찮을 때가 많아. 자기중심적이 되면 우선 자기부터 좋아하게 되고 또 그래야 매사 편해지거든. 자기 자신을 좋아하게 되다 보니 다른 사람도 안정적으로 좋아할 수 있는 여유가 생긴다 이 말이네. 자식도, 식구도 다 내 신상이 편해야 제대로 사랑할 수 있는 거 아닌가. 자네가 이제는 자기중심적이 되었으면 좋겠다 이 말이네."

증조할아버지가 한 말을 하고 또 해도 그러려니 한다.

고개를 주억주억하고 있는 할아버지도.

증조할아버지 말을 따라 하고 있는 엄마도.

엄마가 '정리'하고 나온 주방으로 들어가고 있는 산할머니도.

두런두런 이어지는 말소리를 배경음악 삼아 『소년과 바다』의 열두 살 소년에게 푹 빠져들고 있는 내 귀엔 어느덧 아무 소리도 들리지 않는다.

얼싸, 생각

수업 시간에 잘 듣고 잘 보기만 해도 좋다.

나눠준 자료를 미리 읽어 오면 더 좋다.

한 번 봐서 모르겠으면 두 번, 두 번 봐도 모르겠으면 세 번, 그래도 모르겠으면 네 번, 다섯 번까지 읽어 보기 바란다.

자료를 읽어 나가다 보면 질문이 생긴다.

질문이 생기지 않는다면, 읽기만 하고 생각은 하지 않았다는 얘기다. 물론 수업 시간에만 잘 따라와도 질문은 생긴다. 생각을 멈추지만 않는다면.

생각을 하면, 질문이 생긴다.

생각을 하면, 해답으로 가는 길이 보인다.

질문을 하고 답을 찾다 보면, 개념이 이해된다.

그에 따라 문제 풀이 방식을 스스로 도출해 낼 수 있다.

여러분이 스스로 푼 2단계, 3단계 문제 해답이 그 증거다.

연립방정식 단원은 3단계 문제를 푼 두 사람의 생각을 들어 보는 걸로 마무리하겠다. 자, 두 사람은 나와서 문제 풀이 과정을 설명하도록…….

수업이 끝나고 마수가 교실을 나가자마자 반 아이들이 두 방향으로 갈라진다. 당연한 듯 한쪽으로만 쏠렸던 관심이 두 방향으로 갈라져 모이고 있으니, 내 눈에도 예삿일은 아니다.

두 방향의 중심에 놓인 뒤통수 둘은, 다른 뒤통수들에 가려 잘 보이지 않는다. 저 한가운데 있는 뒤통수는 최서현이다. 그 왼편 뒤쪽에 있는 뒤통수는 유민주고.

반 일등이자 전교 일등인 최서현이 유민주에게 밀리는 것도 시간문제라는 소리가 들려온다. 학급 회장이기도 한 최서현이 귀족세력의 대표이고, 유민주가 부상하는 신흥세력의 대표 주자라는 말을 들은 지 얼마 되지도 않는데.

귀족세력이니 신흥세력이니 하는 소리가 다 같잖은 말이라도 그냥 흘려듣게 되진 않는다. 신흥세력의 대표 주자라는 유민주가 떠오르기까지, 최서현을 따르는 추종자들이 이 교실에서 자기들만의 자유를 누린 게 사실이기 때문이다.

한 달여 동안, 누구도 제지하지 않는 이 교실에서 그야말로 자기들만 있는 것처럼 굴 때가 허다했다. 다른 애들이 안 보이는 것은 아니나 생명 없는 사물인 것처럼 굴 때도 수두룩했다.

재수가 없었고 꼴불견 아닌 적도 없었지만 나는 심드렁하게 보고 말았다. 어제오늘 일도 아니고 또 이 교실에서만 일어나는 일도 아니었으니까. 무엇보다 나와 아무 상관 없는 일이라고 여겼다. 함부로 나대는 뒤통수들에게 관심 둘 여유도 뭣도 없던 내 입장에선 꼴불견의 점입가경에도 하품이나 깨물면 될 일이었다. 이제껏 그래 왔던 것처럼.

이런 상황에서 유민주가 떠오르고 신흥세력이란 게 생겨났다면, 누가 뭐래도 그건 마수의 힘이 아닐 수 없다.

대갈통 말이 맞았다. 마수는 '마자연의 수학'이었다. 주둥이의 말도 틀리진 않았다. 마수는 '마법의 수학'이기도 했다. '마녀의 수학'이나, '마술', '마약'이라 해도 상관없을 것이다. 무엇보다 강력했으니까.

마수는 다짜고짜 문제부터 제시한다.

각 단원에 소개된 1단계 문제를 난이도를 낮춰서 보여 주고

그 문제가 어떤 원리에서 만들어졌는지 이야기해 준다.

그 이야기를 따라가다 보면 개념이 나타나고

그 개념을 정리해 나가다 보면 공식이 만들어지고

그 공식이 만들어지는 과정에서 질문이 나오고

그 질문에 답하는 과정에서 앞의 공식과 연결되는 다른 공식이 나오고 나아가 다른 문제 풀이 방식으로 연결되어

난이도를 높인 2단계 문제가 제시되고

결국 3단계 문제를 궁금해하게 하는 식이다.

단, 처음부터 끝까지 '생각'의 끈을 놓지 않는다면 말이다.

점심을 먹으러 식당으로 몰려가고 있는 아이들은 흥분이 채 가시지 않은 상태다. 둘씩 셋씩 몰려가면서 무슨 아이돌 스타라도 만난 양 최서현을, 유민주를 들먹이고 있다. 일사천리로 문제를 해치우긴 했지만 최서현에겐 자기 생각이 없었다고 자기들 방식대로 쑥덕거린다. 초반에 끙끙대긴 했지만 유민주에겐 남다른 생각이 있었다고 자기들 수준대로 쑤군댄다. 중구난방으로 떠들어대지만 유민주가 '이겼다'고 보는 덴 이견이 없다.

최서현 걔, 국제중을 안 간 게 아니라 못 간 거 아니니? 아까 걔 설명할 때 막 버벅대는 거 봤지?

누가 아니라니! 지가 푼 걸 가지고 절절매면서 읽어 대기만 하니까 뭔 말인지 하나도 못 알아듣겠더라.

그 문제를 푼 것만 해도 굉장한 거 아냐? 그거 〈수학의 정석〉에 나오는 문제라며?

최서현 걔, 고1, 아니 고2까지는 선행했을걸. 그래서 걔 문제 풀

이가 〈수학의 정석〉 해제에 나오는 거랑 똑같다는 거 아니냐. 그래서 지가 푼 걸 그 따위로밖에는 설명을 못하는 거고.

최서현이 못하는 게 아니라 유민주가 잘하는 거 아냐? 아까 유민주 설명하는 거 들으니까 진짜 다시 보이더라.

그야 뭐…… 좀 그렇긴 하더라. 최서현은 몰라도 유민주야말로 특목고도 문제없을 것 같지 않냐?

그러게…… 그 생각이란 걸 좀 해 봐야 하는 거 아닌가 하는 생각도 막 들게 만들고, 그치?

그치만 엑소의 〈중독〉에도 중독돼야 하고, 그 잘난 놈 때문에 잡생각이 떠날 날 없는데 어떻게 또 그 생각이란 걸 하냐고요?

그 잘난 놈은 아직도 바람피우냐?

그냥 바람만 피면 누가 뭐라냐? 개바람 피우시랴, 말바람 피우시랴, 그야말로 바람 잘 날 없으시다.

"그 잘난 놈 때문에 곧 피바람 불겠다는 소리네!"

누가 내 팔짱을 휙 끼면서 말을 잇는다.

"저것들은 잘나가다가도 핀트가 안 맞아요, 핀트가. 저것들이 그 생각이란 걸 갖게 되는 날이 생각의 날개를 달고 승천하는 날일 거 같은데, 안 그냐 솔아?"

대갈통이다. 아니 고운이가 내 팔을 끼고는 자기 가슴께로 척 갖다 붙인다. 대갈통 이름이 고운이라는 사실에 당황했던 것만큼이나 황당하다. 나는 반사적으로 고운이의 팔을 홱 뿌리친다.

"야야, 넌 솔이가 질색하는 거 몰라 또 그 변태 짓이냐?"

주둥이, 아니 김세영이다. 말은 그렇게 하면서 엄지와 검지로 내 왼쪽 옷소매를 찍 잡아당긴다. 알고 보면 자기는 이름 하나만 평범하다고 우기는 김세영이나 할 변태 짓이다.

"오늘 급식은 좀 씹어 줄 만하겠다. 최'회장'에 유'생각'에 반찬이 필요 없겠는걸."

고운이와 김세영에게 반찬은 필요 없을지 몰라도 입은 하나 더 있어야 할 것 같다. 말만 하는 입이. 그나마 둘이 마주 앉아 먹고 떠드는 통에 내 식판으론 둘의 밥알이 튀지 않아 다행이다.

"저기 봐라, 최회장 납셨다!"

"어디? 어디?"

"가신들한테 둘러싸여 귀하신 얼굴은 아니 보이신다."

"아까 유생각한테 밀린 최회장보다 저 가신들이 더 분해하는 꼴 실시간으로 감상했지? 지랄도 그런 개지랄은 없을 거다."

"냅둬라. 저것들 개지랄 방영이 종영할 날도 머잖았으니."

"근데 밥 받아가는 꼴들을 보니…… 쉽게 쭈그러들 저것들이 아닌 것 같다."

내 눈에도 그렇다. 절대로 쉽게 주눅들 애들로 보이지 않는다. 특히 멀리서 잠깐 봐도 눈에 확 들어오는 최서현은. 저 애 등에 30센티미터 자를 붙여 놓은 게 아닐까? 그렇지 않다면 식판을 들고 어찌 저렇듯 꼿꼿하게 고개를 쳐들고 또박또박 발걸음을 옮길 수 있을까 싶다. 최서현이 먼저 자리를 잡고 앉자 뒤따르던 애들이 일제히 자리에 앉는다. 몇 번을 봐도 불편한 광경이다.

"최회장 밥 처드시는 꼴 좀 봐라. 모래를 씹으면 저런 죽상이 나오려나 모르겠다."

얼핏 본 최서현 얼굴은 죽상까지는 아니다. 고운이와 김세영이 말끝마다 갖다 붙이는 '회장'이라는 닉네임이 무슨 의도로 붙여지든 간에, 괜히 따라붙는 게 아닌 것 같다. 그 정도로 도도해 보인다는 뜻이다. 최서현을 둘러싸고 앉아 있는 저 아이들이 번갈아 가며 쉴 새 없이 입을 놀리고 있는 모양새도 마찬가지다. 말없이 밥만 떠먹고 있는 최서현의 도도한 권위를 뒷받침해 주고 있는 꼴이다.

"애들 말 들었지? 최회장 쟤, 국제중을 안 간 게 아니라 못 간 게 맞을걸!"

"저 버벅대는 실력으로 특목고는 가시려나 몰라.

"특목고는 무슨. 자사고나 턱걸이 안 하면 다행일걸."

"알고 보면 별 볼 일 없는 최회장 실체가 열라 까발려지는 것도 시간문제일 것 같지 않냐?"

"그러게. 지금만 해도 저 가신들만 아니면 최서현 쟤가 회장 같아 보이겠냐?"

"밥 좀 먹자."

나도 모르게 나온 소리다.

"지겹지도 않냐? 남 얘기 떠드는 거."

내친김에 한마디 더 보탠다.

고운이가 나를 쳐다본다. 숟가락을 입에 문 채로.

김세영은 아예 내 쪽으로 몸을 돌려 쳐다본다.

"그만 좀 하자. 여기서 더 떠들면 니들도 최서현한테 붙지 못해 안달하는 걸로 보이니까."

몇 숟가락 남은 밥을 나는 단번에 다 떠먹는다.

"아, 씨!"

고운이가 입에 문 숟가락을 식탁에 탁, 소리 나게 놓는다.

자기 이름이 고운이라는 말에 내가 당황하는 것을 보고 "미안하다, 고릴라가 아니라 고운이라서, 쩝." 하며 숟가락을 놓은 것에 이어 두 번째다.

"그래도 그렇지, 어떻게 그렇게 대놓고 당황질이냐? 진짜 고운 내 이름에 콤플렉스 덩어리지게." 하고 넉살을 떨면서 곧바로 숟가락을 들었던 그때의 고운이가 아니다.

밥알이 목에 걸릴 것 같아 맨밥을 꼭꼭 씹고 있는 나를 빤히 노려보고 있는 눈빛이 어찌나 독한지, 얼굴이 따끔따끔하다.

나를 째려봤다가 고운이에게 눈짓을 보냈다가 하던 김세영도 "아, 뭐야, 씨!" 하면서 숟가락을 탁, 놓아 버린다.

"야 이솔, 너, 잘나신 거 아는데……."

뜻밖이다. 고운이한테서 떨리는 목소리가 나오다니.

떨리는 목소리를 잇지 못하던 고운이가 겨우 말을 잇는다.

"너 잘났다는 식으로, 이렇게, 막 나오면……."

여전히 떨리는 목소리다. 듣고 싶지 않은 목소리다. 아니, 듣고 있기 거북한 소리다.

물이라도 좀 들이켰으면 좋겠는데, 이대로라면 물도 사레들어 기침으로 내뿜을 것 같다. 나는 자리에서 벌떡 일어나 버린다.

고운이 얼굴이 파랗게 질린다.

김세영 얼굴도 붉으락푸르락해진다.

더 보고 있을 얼굴들이 아니다.

"뭐 저딴 게 다 있니? 정말 짱나게!"

식판을 들고 뒤돌아서는 내 등 뒤로 고운이의 짜증이 터진다.

"내 말이! 오냐오냐해주니까 우리가 완전 지 호구로 보이나?"

평소대로 걸음을 옮기는 내 등 뒤로 김세영의 원망이 솟는다.

"아니 계집애 같지도 않은 게…… 정말 무슨 계집애같이…… 저래서 저게 위소인지 뭔지 싶다!"

고운이가 연달아 터뜨린 짜증엔 나도 모르게 흠칫, 한다.

"누가 아니라니! 저게 괜히 위소가 아니지 싶다. 갑자기 저 혼자 생난리를 치고 저렇게 줄행랑치는 걸 보면!"

원망에서 조롱으로 급변한 김세영 일갈에 가슴이 쿵 떨어진다.

"저러다가 저게 가위라도 꺼내 들고 와서 우리 머리털까지 싹둑싹둑 다 잘라 내는 거 아니니…… 무섭고 웃기지도 않는 제 머리 꼴처럼……"

누구 소리인지 모를 뒷말은 더 이상 내 귀에 들려오지 않는다.

관자놀이께 핏줄이 빠르게 팔딱거릴 뿐이다.

쿵쿵쿵 심장이 난리를 친다.

목구멍 저 안쪽에서 숨소리가 튄다.

뒤늦게, 한 대 맞은 기분이 되는 것도 같다.

수업 시간에 딴생각을 하는 게 하루 이틀 일은 아니지만 지금은 정도가 심하다. 뭔지 모르게 자꾸 얼얼해지는 느낌이 들면서…… 내가 또래들에게 관심이 없는 이유를 알 것 같기도 하다. 아니 좀 더 솔직할 필요가 있다. 내가 또래들에게 관심이 없는 건 아니니까. 관심이 없는 척하거나 관심을 두지 않는 척하는 거라는 걸…… 나 자신은 알고 있으니까.

그래 맞다, 그 소리 때문이다. 나는 계집애인 적이 없었다. 계집애라는 말은 나와 아무 상관 없었다. 계집애라는 말은 아무리 들어도 거북했다. 적응이 되지 않았다. 계집애라는 말이 그냥 아이라는 말과 다를 바 없어도 듣기가 싫었다. 천진난만하고 무엇에도 얽매이지 않은 여자애를 계집애라고 부르는 것 같아서.

내가 기억하는 한, 나는 늘 짧은 머리를 했다. 계집애들이 즐겨 입는 원피스는커녕 치마도 잘 입으려 하지 않았던 내 머릿속엔, 기다란 머리에 알록달록한 핀을 꽂고 레이스가 달린 원피스 차림을 한 여자아이들이 계집애로 남아 있다.

그래서 나는 '위소'였다.

중학생이 돼서 난감했던 것 중 하나가 교복 치마를 입어야 한다는 거였다. 교복 치마 안에 체육복 바지를 입는 걸로 문제 해결을 보았지만, 길지도 않은 교복 치마를 한 번도 아니고 두세 번을 접어 입거나 치맛단을 줄이는 또래들에게 내 난감함을 표현할 방법 따윈 없었다. 다만 거리를 두는 수밖에. 교칙 때문에 머리색을 못 바꾸는 대신 머릿결을 반짝이게 하는 코팅이나 매니큐어를 하고, 바른 듯 안 바른 듯한 비비크림(지금은 시시크림이 대세라니 디디크림도 곧 나오겠지만)이나 번지지도 않고 티도 안 나는 눈화장법 등등에 도가 튼 또래들과는 피차 소 닭 보듯 했어도, 적당한 거리를 유지하려고 했다.

그랬음에도 나는 '위소'다.

고운이가 나를 흘끔흘끔 뒤돌아본다. 영어가 칠판에 필기를 하느라 뒤돌아서는 틈틈이. 나와 눈이라도 마주치면 때를 놓치지 않고 윙크라도 날릴 기세다.

고운이 이름을 처음 듣고 당황했다고 했지만 그 때문만은 아니다. 고운이가 자기 이름을 말하면서 스마트폰으로 보여 준 가족사진 때문이니까.

고운이가 자기 엄마 아빠와 찍은 사진은 한눈에 봐도 가족사진

이었다. 고운이가 고릴라를 연상케 하는 자기 아빠를 빼닮은 모습 때문만은 아니었다.(고운이가 표현한 대로 실제로 본 적도 없는 '고릴라 부녀' 모습이 자꾸 떠오르긴 했다.)

"웃기는 비극은, 내가 우리 엄마를 닮았어도 이 얼굴에서 크게 달라지지 않았을 거라는 사실 아니냐. 진짜 웃기는 비극은, 우리 엄마 얼굴이 다 뜯어고친 걸 우리 아빠만 못 알아보고 나한테 맨날 미안해한다는 사실이지만."

뭐가 웃기고 뭐가 비극이라는 건지 잘 알아듣지 못했다. 뭐라고 딱히 대꾸할 말도 없던 나는 눈만 껌벅이고 있었다.

고운이 스마트폰을 뺏어 들고 가족사진을 들여다보다가 깔깔깔 배꼽이 빠질 것 같다던 김세영은 "진짜 너무한다, 너무해!" 하면서 또 깔깔깔 눈물을 뺐다. 그러더니 그 스마트폰의 거울을 보며 늘 손에 들고 다니는 '업스타일 꼬리빗'이란 걸로 앞머리를 빗질하기 시작했다. 김세영이 틈만 나면 해 대는 '막간 미모 업그레이드 작업'이라는 거였다.

"웬만하면 더 못생긴 쪽은 안 닮도록, 난자든 정자든 간에 말이야, 이왕에 피 터지는 거, 진짜로 피터지게 전쟁이라도 치러야 하는 거 아니니?"

스마트폰 거울에 빨려 들어갈 듯 얼굴을 들이대고 빗질을 하면서 목소리를 높이는 김세영이 나는 무슨 외계인인가 했다.

"뭔 소리인지는 모르겠다만, 어쨌든 못 생긴 쪽은 안 닮도록, 피

터지게 전쟁을 벌이는 거엔 한 표!"

김세영한테서 스마트폰과 꼬리빗을 뺏어 들고 제 앞머리를 빗질해 대는 고운이는 외계인보다는 고릴라 쪽이었다.(애초 고운이가 '고릴라'나 '고릴라 부녀'를 언급하는 게 아니었다.)

"아니면 딸들은 아예 못생긴 아빠 쪽은 안 닮도록 유전자 정리를 해 버리든가."

난자 정자 전쟁이든, 유전자 정리든 내 알 바 아니었다. 김세영이 제 스마트폰을 보며 턱없이 심각한 얼굴로 빗질을 하다가 말고 되지도 않는 소리를 꺼내 놓고는 금방 또 깔깔깔 배꼽을 잡는 걸로도 정신없었으니까.

"외계인이 따로 없네."

김세영이 내 말을 잡아채 빈정댔다.

"어, 나 외계인인 거 어찌 알았냐? 울 엄마 아빠가 요즘 나만 보면 하는 말인데. 넌 대체 어느 별에서 온 외계인이냐?"

"햐, 김세영 너도 그러냐? 나도 그런데! 이솔 너는 안 그러냐? 너야말로…… 그 상태에서 망토만 하나 둘러 주면 어린왕자랑도 환상의 커플이 될 듯한데. 머리칼 제대로 뻗친 그 어린왕자가 어느 별에서 온 외계인이더라?"

수위를 높여 빈정거리던 고운이 입에서 결국 그 말이 나오고야 말았다. 거의 기습적으로.

"근데 넌, 가족사진 없니? 왠지 너도 나나 세영이처럼 너네 아빠를 빼닮았을 것 같은데."

"그래 맞다, 너네 것도 보자. 너도 아빠를 닮았으면 너네 아빤 뭐 좀…… 짱이실 듯. 너처럼 머리만 좀 아니지 않으면 뭐……."

내가 무엇을 겁내고 있었는지 확실히 알았다.

"초딩이냐? 가족사진 같은 걸 갖고 다니게!"

불에 덴 듯 그 말을 던져두고, 두 외계인한테서 쑥 물러났다.

또래들에게 거리를 두어야 하는 이유를 그제야 깨닫기라도 한 듯 머쓱한 얼굴이 되었겠지만, 누가 뺏기라도 할까 손에 꼭 쥐고 있던 스마트폰을 가방 깊숙이 쑤셔 넣고 난 다음이었다.

김세영도 힐끔힐끔 나를 뒤돌아본다.

내가 무반응으로 일관하자 고운이와 김세영이 서로 눈짓을 해 보인다. 진짜 뭐 저런 게 다 있냐, 누가 아니라니, 계집애 같지도 않은 게, 위소 주제에 하는 눈짓으로 여겨지니…… 나도 어쩔 수가 없다.

나는 가족사진 같은 걸 찍어 본 적이 없다. 정식으로든 뭐든.

알고 보니, 엄마 말고 (외)할아버지 (외)할머니 (외)삼촌은 사람들이 말하는 가족이 아니었다. 외갓집식구라고 하면 모를까.

옛날엔, 사람들이 한집에 사는 외갓집식구를 가족으로 알았다. 사람들이 삼촌을 우리 아빠인 줄 알았던 그때는. 그러니까 사람들이 자기들 마음대로 삼촌이 아빠고, 엄마는 엄마고, 외할아버지는 할아버지고, 외할머니는 할머니로 생각했던 그때는 말이다.

사람들이 말하는 가족사진은 몰라도 외갓집식구들하고 같이 찍은 사진은 있다. 생각해 보니 그것도 3, 4년 전 일이다.

사진 속에서도 삼촌은 앞을 똑바로 바라보지 않았다. 몸을 곧게 펴지도 않았다. 삼촌이 웃는 얼굴은 기대하지도 않았다. 잔뜩 찌푸린 얼굴만 아니면 다행이었다. 앞을 똑바로 바라보고 있지 않아도, 자세가 곧지 않아도, 웃는 얼굴을 하고 있지 않아도 사진 속의 삼촌은 사람들의 눈을 잡아끌었다. 삼촌이 자기세계에만 심하게 빠져 있었어도 남다르게 수려한 생김새가 다 감춰지지 않던 때였다.

보기 드물게 잘생긴 외모 때문에 삼촌을 힐끗거렸던 사람들이 막상 삼촌을 보고는 뭔가 좀 이상하다는 표정을 지었던 것처럼, 사람들이 사진 속 모습만 보고도 삼촌의 증세를 알아볼 무렵엔 외갓집식구끼리도 사진 같은 건 잘 안 찍게 되었다.

마흔이 넘으면 자기 얼굴에 책임을 져야 한다고 한다. 그때쯤이 되면 그동안 살아온 이력이 얼굴에 고스란히 나타난다는 뜻일 텐데, 서른하고도 중반이 넘도록 자기세계에만 갇혀 있는 삼촌 얼굴에는 그게 좀 더 일찍 드러났다.

그건 엄마도 비켜가지 않았다.

삼촌보다 다섯 살 아래고 또 증세도 덜한 편이긴 했지만 때로는 뭐라 말할 수도 없이 공허해 보이는 엄마 얼굴을 보고 있는 것만으로도 내 마음이 허하고 이상해지지 않을 수 없었는데…… 삼촌과 엄마를 데리고는 변변한 식당엔 가 볼 엄두조차 못 내는 할머니 할아버지를 떠올렸고…… 하다하다 안 되면 그깟 내 심정 따윈 별것 아닌 걸로 싹둑싹둑 가위질해 버리곤 했다.

생각이 갈피를 잡지 못하다 보니 얘기가 길어지고 있다.

어쨌든 나에겐 가족사진 같은 건 없다는 얘기다.

내놓고 보여 줄 만한 사진 같은 게 있을 리 없다는 얘기다.

가족사진이 없는 얘기를 마저 하려면, 아빠 같은 건 없다는 얘기를 해야 한다. 그런데 절대로 꺼내 놓고 싶지 않은 게 있다면 바로 그 얘기다. 나에게 아빠 같은 게 없는 이유 따위는 절대로 밝히고 싶지 않다. 정말이지 그 얘기만큼은 절대 하고 싶지 않아서 고운이네 가족사진을 보자마자 흠칫했던 거고, 김세영네 가족사진을 보면서 나도 모르는 사이 움츠러들었던 얘기는 더 이상 하고 싶지 않다.

고운이와 김세영은 서로에게 눈짓해 보이는 와중에도 뒤돌아 나를 곁눈질하고 있다. 자연스럽게 가족사진을 꺼내 보이고 당연하게 아빠 얘기를 늘어놓는 아이들이 할 만한 제스처다.

저 아이들이 틈틈이 보내고 있는 눈짓이 배려의 눈짓이라는 걸 모르지 않는다. 그런 배려조차 받아들이지 못하고 있는 게 내 입장이라 해도.

사람들은 약한 아이가 더 배려심이 많을 거라 생각한다. 아니다. 정반대다. 약한 아이에겐 남을 배려할 만한 여유가 없다. 배려란 심리적으로 더 강한 아이만이 할 수 있는 것이다. 고릴라 아빠든 오랑우탄 아빠든 있는 그대로의 자기 아빠를 아무렇지도 않게 꺼내 보이고, 당연한 듯이 불평불만을 일삼는 고운이나 김세영 같은 아이들만이 말이다.

언제부터인가 또래들에게 난데없이 공격적인 행동을 보였던 나는, 누구라도 한 번쯤은 할 법한 배려에도 겁을 내고 멈칫거렸던 나는 저 아이들의 눈짓을 외면해 버리고 만다.

가위질로 삶을 보내는 삼촌 옆에서 하릴없이 가위질이나 따라 했던 나는, 가위를 꺼내 들고 싶어 손이 근질근질해진다.

뒤죽박죽 엉켜든 머릿속을 정리할 방법은 가위질밖에 없다.

교실 같은 데선 가위를 꺼내 들지 않기로 한 약속 때문에 꾹 참고 있을 뿐이다. 산할머니가 하자고 한 적도 없는데 내가 먼저 제안하고 다짐한 약속이다. 마음속으로.

더 자를 것도 없는 머리만 안절부절 긁적일 밖이다.

똑바로, 봄

"봄이 왜 봄인 줄 아느냐?"

"음…… 잘 모르겠어요."

"봄, 여름, 가을, 겨울을 놓고 잘 생각해 보려무나."

"볼 게 많아져서…… 봄인가요?"

"볼 게 많아지다니?"

"겨울엔 볼 게 없거든요. 눈 말고는요. 지난겨울엔 눈도 별로 안 와서 진짜 볼 게 없었어요."

"그렇겠구나. 눈 하나 없는 마른겨울이라도, 황량하게 빈 들판이라도 이 할아비 눈엔 다 볼만하다마는."

"와, 증조할아버지 눈은 좋겠어요. 그게 연륜이라는 거죠?"

"허허허…… 연륜일 수도 있고 거시기일 수도 있고……."

거시기가 없었으면 참 거시기할 뻔했다는 말을 입 밖으로 내는 둥 마는 둥, 나는 봄이 되고 있다.

평상에 나앉아 있으니 온몸으로 봄이 전해진다.

굳이 말로 봄을 표현하지 않아도 된다.

눈으로 들어오는 게 봄이고 코로 맡아지는 게 봄이다.

대문 쪽 감나무를 비롯해 마당 저 안쪽에 하나, 둘, 셋, 넷, 다섯 그루나 되는 감나무만 보고 있어도 봄이 나른하게 들어온다. 대문 쪽 감나무 앞에 있는 건 앵두나무고, 맨 왼쪽 감나무 옆에 있는 건 살구나무다. 그 옆 앞쪽에 있는 건 자두나무고, 그 앞뒤 쪽으로 매실나무가 두 그루 서 있다. 매실나무 뒤엔 키 큰 대추나무가 서 있고, 그 옆 뒤쪽엔 더 키가 큰 모과나무가 서 있다. 그 옆 앞쪽엔 키 작은 돌배나무가 있다. 그 뒤쪽 감나무 사이로 보이는 건 보리수다. 보리수 앞에 무화과나무가 있는 마당 풍경은 눈을 감고도 훤히 그릴 수 있다.

그 나무들 아래 더덕이 깔려 있고, 머위에 곰취에 산딸기까지 심어져 있다. 더덕, 머위, 곰취라는 말을 처음 들었을 땐 그게 뭐라는 건지 실감이 나지 않았다. 그런데 지난번에 이 평상에 앉았을 때부터 내 코로 더덕 향이 들어오기 시작했다. 지금도 향긋하고 알싸하게 맡아지는 게 더덕 향이다. 그때 내 까막눈으로 여린 이파리들이 들어왔는데, 연두빛깔의 보들보들한 이파리들이 여기도 있고 저기도 있다. 더덕 머위 곰취 산딸기에 눈뜬 내 눈이 어디로 가야 할지 갈 바를 몰라 하다가 증조할아버지에게 묻는다.

"아 참, 봄이 왜 봄이에요?"

"이런, 그새 잊다니. 늦은 봄볕에도 취하는 모양이구나."

"아, 그거예요, 봄볕에 취하는 거요. 제 눈앞에 뭐가 자꾸 아롱아롱하거든요. 그래서 얘기하다 말고 깜박깜박하게 되나 봐요."

"아이코 녀석도 참…… 또 깜박하기 전에 말하면, 봄이 아주 잠깐이라 봄만 한 글자로 이름 지었구나 했다. 또 봄이 여름보다, 가을 겨울보다 후딱후딱 지나가 버려서 봄을 맨 앞에 놓았나 했다."

"아아, 네에."

"근데 네 대답을 들으니 볼 게 많아져서 봄 했을 것도 같구나. 긴 겨울이 가고 갑자기 볼 게 많아져서 사람들이 정신을 못 차리니까 똑바로 잘 좀 보고 살자고 봄, 했을 거라는 얘기다."

"그럼 증조할아버지 생각이 다 맞는 거네요. 겨울이 끝나고 갑자기 볼 게 많아졌는데 봄이 금방금방 지나가 버리니까 잘 좀 보자고 봄, 했을 테니까요. 또 사람들이 때를 놓치지 않게 하려고 봄, 하고 한 글자로 이름 지어 강조한 걸 테니까요."

"오호라, 때를 놓치지 않게 하려고 봄, 하고 강조한 거로구나."

"봄을 봐도 그렇고 중요한 건 거의 한 글자로 된 게 많아요. 나, 너, 몸, 혼, 땅, 집, 책…… 귀한 건 한 글자로 되어 있다고 했는데 봄도 그러니까 정말 맞아요. 산할머니는 진짜 굉장해요."

"느이 산할멈은 이 할아비한테 배운 걸 가지고 너한테 잘도 먼저 써먹었구나. 김빠지게시리."

"아하하하…… 증조할아버지도 참……."

"오토바이 타는 것만큼은 못 돼도 여기 나앉아 한바탕 웃어 주면 속 시끄러운 일이 좀 풀어지지…… 안 그냐, 솔아?"

"예 좀 그래요, 증조할아버지."

"그러고 보니, 네 나이 때가 딱 봄이로구나. 후딱후딱 지나가 버리기 전에 똑바로 봐 둬야 하는 봄……."

"아, 예, 그런 것 같아요."

고운이 김세영이 보내는 화해의 눈짓을, 배려의 제스처를 나는 끝내 모른 척했다. 종례가 끝나고 마수가 교실에서 채 나가기도 전에, 그 애들이 내게 다가오기 전에 교실을 나와 버렸다.

개학 첫날 그랬던 것처럼 그 애들이 나를 쫓아올세라, 부랴부랴 발걸음을 했다. 집으로 가는 길이 아니라 그 반대편 버스정류장으로 가서 내곡동으로 가는 버스를 탔다.

그 기분으론 곧장 집으로 가고 싶지 않았다. 집에 있다가 학원 가는 문제로 할머니와 실랑이를 벌이고 싶지도 않았다. 나를 보아주지 않는, 텅 빈 엄마 얼굴을 대하고 싶지도 않았고.

주말이 아닌 평일에 나 혼자서 산할머니 집을 찾은 건 처음이었다. 혹시나 했는데 대문은 어김없이 활짝 열려 있었고 그것만으로도 마음이 가라앉는 느낌이었다. 너른 마당을 지나 현관문을 열고 마루로 들어서니, 내가 즐겨 앉는 탁자 앞에 앉아서 책을 펼쳐 들고 있는 누군가가 있었다.

교복 차림은 아니었지만 학생 같았고 나보다 두세 살쯤 위로 보이는 남자였다. 나를 뻔히 쳐다보고 있는 그를 모른 척한 채 산할머니를 찾았다. 작은방에서 산할머니가 방문을 열고 나왔다. 연락도 없이 불쑥 찾아간 나를 보고도 평소와 다름없는 표정인 산할머니에게 서운해할 틈도 없었다. 작은방에서 모르는 얼굴들이 대여섯이나 우르르 나왔으니까.

이 근방에 사는 중고등학생들이 평상시 산할머니 집에 와서 공부를 한다는 얘기는 들어서 알고 있었다. 그런데 낯모르는 얼굴들을 대하고 보니 그저 어색하고 서먹서먹할 따름이었다. 산할머니가 나서기 전엔 눈을 어디에 둬야 할지 모를 정도였다.

"솔아, 집엔 말하고 왔지?"

"아니요, 아직……."

"그럼 좀 이따 전화하고 서로 얼굴 본 김에 인사부터 나누자."

산할머니가 내 양어깨를 가볍게 짚으며 "이 개성 강한 중2는 내 손주 되는 이솔……" 하자마자 모르는 얼굴들이 왁자지껄 한마디씩 했다.

내가 알아들을 수도, 동의할 수도 없는 말이었다.

"와, 말도 안 돼요, 샘이 어떻게 벌써 할머니가 돼요!"

하는 말이 나오자 산할머니가 웃으면서 다시 말을 이었다.

"이 싫지 않은 아부꾼들은 솔이 너에겐 언니 오빠 들이 되는 내 제자들…… 각자 소개는 저녁 먹으면서 하는 걸로 하고, 하던 공부를 마저 하자."

내가 뻘쭘하게 서 있든 말든 산할머니는 일당과 함께 곧바로 작은방으로 들어가 버렸다. 일당에게 산할머니를 빼앗긴 느낌마저 들었다.

때마침 현관으로 들어선 증조할아버지가 "아이코, 이게 누구냐. 생각지 않은 날에 찾아오니 더 반갑구나." 하면서 나를 맞아 주지 않았다면 그길로 나와 버렸을지도 모를 일이었다.

오토바이로 동네를 한 바퀴 돌고 왔더니 마음이 탁 트였다는 증조할아버지가 더없이 부러웠다. 마음은 굴뚝같았지만 오토바이를 태워 달라는 부탁은 하지 않았다. 그래 봤자 걱정만 살 게 뻔했으니까. 증조할아버지 혼자 오토바이를 타는 것도 위험하다고 조심조심하는 일이니까.

그렇지만 나도 얼른 커서 오토바이를 타고 바람을 쐬고 싶다는 말은 내놓았다.

내 얼굴을 물끄러미 보던 증조할아버지가 물었다.

마음 답답한 일이 뭐냐고.

입을 꾹 다물었다. 오토바이를 태워 달라고 부탁하는 거나 마찬가지였으니까. 공연히 증조할아버지 심사만 어지럽힐 뿐이고, 어차피 다 털어놓을 수도 없는 얘기라면 입을 열지 않는 게 상책이었으니까.

나를 증조할아버지 방으로 데려가서 이런저런 얘기를 시키는 중에도 내 얼굴을 곰곰 뜯어보던 증조할아버지가 또 물었다.

그리 마음 답답한 일이 뭐냐고.

내처 입을 꼭 다물고 있는 나를 보고 증조할아버지가 말했다.

밖으로 나가자고. 아직 남아 있는 봄볕을 쬐자고.

얼마 남지 않은 저 볕도 봄볕인가 하는데, 산할머니가 나를 부르는 소리가 들려온다.

"솔아 밥 먹자. 증조할아버지 모시고 와서 저녁밥 먹자."

나는 기다렸다는 듯이 평상에서 냉큼 일어난다.

"허허 녀석, 배고팠던 모양이구나. 이 할아비는 뒤꼍을 살펴보고 갈 테니 먼저 올라가려무나."

"뒤꼍은 왜요?"

"창고를 방으로 앉히려고 죄다 뜯어냈는데 마무리가 어찌 됐는지 어두워지기 전에 한번 봐야겠구나."

점심을 부실하게 먹은 데다 간식도 먹지 않아 속이 더 허한 상태다. 나는 증조할아버지를 뒤따르려다가 발걸음을 돌린다.

주방으로 들어가니 산할머니가 커다란 함지박(통나무의 속을 파서 큰 바가지같이 만든 그릇인데 산할머니 주방엔 나무로 만든 그릇이며 나무로 된 숟가락 젓가락이 아주 많다.)에 보리밥과 나물을 넣고 비비고 있다.

지난번에 와서 맛있게 먹은 보리굴비는 기대하지 않았지만 취나물 가지나물 호박오가리 같은 나물만 넣고 비비고 있는 걸 보니 이건 아니다 싶다. 내가 좋아하는 마루며 작은방에 누가 와 있는 걸 보고 기분이 이상야릇해진 것만큼이나 섭섭해지려고 한다. 내가 무척 좋아하는 식탁을 낯선 일당이 먼저 차지하고 있는 것만큼이나 마음에 들지 않는다.

비빔밥은 내가 쳐다보기도 싫어하는 메뉴다. 우리 집 식탁에 아침저녁으로 오르는 게 비빔밥 아니면 볶음밥이니까. 밥이든 반찬이든 하나만 집어서 먹는 삼촌 때문에(나중엔 엄마 때문에) 할머니가 지어 낸 게 비빔밥이고 볶음밥이다.

내가 밥숟가락을 들고부터 질리도록 먹어 왔는데 "기력이 쇠하는 게 하루가 다르다"는 할머니인지라 비비거나 볶은 밥마저도 예전 같지 않다. 너무 높은 집에 살면서 더 바빠진 할머니가 집안일을 후다닥 해치우고 한꺼번에 처리하게 된 탓이 크다.

할머니는 방송에서 몸에 좋다고 떠들어 대는 나물이나 야채 같은 걸 한꺼번에 사다가 밥에 왕창 넣고 비비거나 볶아서 밀폐용기에 담아 냉동실에 쌓아 놓고 얼린다. 밥 때가 되면 밀폐용기째로 전자레인지에서 3분 30초 돌았다가 식탁에 오르는 비빔밥이나 볶음밥을 나는 쓴 약을 먹듯 할 때가 많다.

다 크고 다 자란 삼촌하고 엄마가 여전히 할머니 손길을 필요로 하고 있고, 그 옆에 내가 혹처럼 딸려 있는 상황이라는 걸 모르지 않아 찍소리도 내지 않고 꾸역꾸역 먹을 수밖에 없지만, 싫은 건 싫은 거다.

실망한 기색을 숨기려 애썼지만 내 주둥이가 앞서 삐죽 나왔을지도 모르겠다. 산할머니가 썩썩 비빈 밥에 갓 짜낸 참기름을 방울방울 떨어뜨리고 통깨를 솔솔 뿌리기 전까지는.

실망하고 서운해한 게 언제였나 싶다. 고소한 참기름 향내가 진동하자 배 속이 요동을 치기 시작한다. 나무로 된 비빔밥그릇이 일당에게 다 돌아간 다음 가장 늦게 한 그릇 건네받은 비빔밥이 꿀떡꿀떡 넘어간다.

식탁에 둘러앉은 입은 여럿이지만 지금은 밥 먹는 입만 있다.

산할머니가 두 번째 비빈 밥은 함지박째로 식탁에 놔둔다.

각자 밥그릇을 다 비우고 다시 밥을 퍼 담다가 흘리고 주워 먹고 하면서 여러 입이 웃고 떠들기 시작한다. 손에 익숙하지 않은 나무주걱으로 남의 밥그릇에 밥을 퍼 주다가 더 많이 흘리고 막 주워 먹고 하면서 크게 웃고 왁자하게 떠든다.

나에게 언니, 오빠뻘이 된다는 일당은 모두 다섯이고 대충 중

3과 고1 나이 때다. 중3이 둘이고 고1이 하나인데 학교를 다니지 않는 일당도 둘이나 있다. 일당의 이름은 한차례 들었지만 자기들끼리만 통하는 별명을 부르는 통에 더 헷갈린다. 나보다 두세 살 위로 보인 남학생은 다섯 살이나 많은 대학생인 데다 수학을 가르치러 온 선생이다. 2년 전쯤엔 작은방에서 영어소설을 붙들고 씨름을 벌이다 밤샘한 적도 많다는 자칭 산할머니 수제자다.

자칭 수제자와 그 일당은 산할머니가 자리를 비운 가운데도 사뭇 유쾌하다. 서로 아무 격의가 없어 보이고, 머뭇머뭇하는 나를 스스럼없이 동생 대하듯 한다. 특히 자칭 수제자는 그래도 명색이 선생인데 저래도 되나 싶을 정도로 까불까불한다.(본인은 타고난 유머 감각이라고 자화자찬하지만 내 눈엔 그냥 까부는 걸로 보이니 버릇없대도 어쩔 수 없다.)

내가 웃는 게 웃는 게 아니더라도 자칭 수제자 말발에 낄낄낄 웃음이 터진 게 수차례다. 처음 보는 나를 앞에 두고도 전혀 거리낌 없이 까불 수 있는 게 나이보다 앳되어 보이는 자칭 수제자의 동안 비결인 듯하다. 자기가 먹은 밥그릇을 씻으면서 일당에게 물을 뿌려 대며 장난을 치는 이 철딱서니 없어 보이는 동안의 수제자가 어떻게 수학을 가르치는지 궁금증이 인다.(문득 마수가 생각난 까닭도 없지 않을 것이다.)

거실의 한쪽 벽도 그렇지만 작은방 벽은 사방이 책장으로 둘러싸여 있다. 내가 읽을 만한 책이 수두룩하다는 얘기다. 책을 찾는 척하면서 나는 작은방으로 들어간다.

일당 다섯이 원탁에 빙 둘러앉아 있다. 자칭 수제자가 화이트보드에 펠트펜으로 공식 같은 걸 적어 내려가면서 설명을 하고 있다. 나로서는 전혀 알아들을 수 없는 말로. 까불까불한 끼는 온데간데없다. 방금 전의 그 동안의 자칭 수제자가 맞나 싶을 정도로 목소리 톤도 진지하다. 낯이 뜨거워진다. 내가 구경 삼아 보고 있을 자리가 아니다. 내 주제도 모르고 덤벼들었으니 있는 대로 얼굴을 붉힌 채 작은방을 나올 밖이다.

세상에는 내가 모르는 게 얼마나 많고 잘못 알고 있는 것은 또 얼마나 많은 걸까…… 내가 해 본 게 다가 아닐 텐데 해 보지 못한 것은 또 얼마나 많은 걸까…… 마른세수하듯 얼굴을 비벼 대는 나를 산할머니가 보고 있다.

식탁에 앉아서 말린 팽이버섯과 말린 느타리버섯을 손질하고 있는 산할머니 손길은 내 느긋하다. 나를 올려다보는 산할머니 얼굴도 마찬가지다.

할머니에게 아직 전화를 하지 않았다는 생각이 들면서 이래저래 더 도둑이 제 발 저리는 심정이 된다. 무안함을 감추려고 "뭐라도 거들 거 없어요?" 하면서 산할머니 옆자리에 앉는다.

"한번 맛보지 않으련?"

상황이 상황인지라 산할머니가 건네주는 마른 팽이버섯을 받아

들고 마지못해 조금 뜯어 먹는다.

이럴 수가, 분명히 팽이버섯인데 마른오징어 맛이 난다!

말린 느타리버섯도 집어서 입에 넣고 맛을 본다. 씹으면 씹을수록 더 마른오징어 맛이 난다.

마냥 신기해하는 나를 보고 산할머니가 빙그레 웃으며 말한다.

"영양은 영양대로 챙기고 맛은 맛대로 챙기고 수지맞는 장사가 따로 없지?"

"와아, 진짜 그래요."

산할머니 옆에서 이렇게 새로운 걸 경험하다 보면 걱정되는 일도 급한 일도 스르르 없어진다는 걸 처음인 듯 깨닫는다. 산할머니를 따라 나도 느긋해지지 않을 수 없는 일이다.

"『소년과 바다』를 하루에 다 읽고 나서 『우주에 남은 마지막 책』 도 찾아서 읽었다며?"

"스키프도 그렇고 스파즈도 그렇고 나보다 어린 남자애들이 정말 굉장해요! 헤밍웨이할아버지만큼이나 필브릭할아버지가 좋아졌어요."

산할머니가 나를 보고 환하게 웃으며 말한다.

"그럼 말린 팽이버섯에서 오징어 맛을 보는 수지맞는 공부를 우리 같이 한번 해 볼래?"

그냥, 아직은

“왜? 쑥버무리가 입에 잘 안 맞느냐?”

“예, 쑥 냄새가 좀 진해요.”

“이래 봬도 이 쑥버무리가 이맘때만 맛볼 수 있는 우리 집 별미 아니냐. 쑥 향이 진한 게 특징이지. 저기 보이는 게 애쑥인데, 느이 산할멈이 아침나절에 저 애쑥을 뜯어다가 곡물가루를 넣고 버무려 시루에 쪄 낸 떡이란다. 향이 아주 진할 수밖에 없지. 봄볕 아래서 일한 뒤 새참으론 이보다 더 좋은 게 없고말고.”

“증조할아버지 설명을 들으니까 이 쑥 냄새가, 아니 쑥 향이 좀 괜찮아지는 것 같아요.”

“허허허 그냐? 있을 때 양껏 먹어 두려무나. 산할멈은 잠깐인

봄에도 저 혼자 바쁘구나. 같이 앉아서 떡 한쪽 먹을 짬도 없이 바구니만 두고 가더니, 저쪽에서 또 저렇듯 정신없구나."

"여기서 보니까 산할머니가 봄, 봄 하면서 막 뛰어다니는 것 같아요. 봄이 너무 잠깐이라 그런가 봐요."

"느이 산할멈이 모르는 게 없어 보여도 알고 보면 헛똑똑이 아니냐. 봄 타령이나 하고 있어도 봄날은 이렇게나 잠깐이구먼."

지금 이 마당에서는 산할머니 혼자만 바쁜 게 아니다.

우리 집에서 할아버지가 차로 태워다 주면 10여분이 걸리는 이 동네 집들은 크게 둘로 나뉜다. 담장이 높은 집과 담장이 낮은 집으로. 담장이 낮은 집은 다시 작게 둘로 나뉜다. 대문이 있는 집과 대문이 없는 집으로. 대문이 없는 집은 더 작게 둘로 나뉜다. 누구나 드나드는 집과 아무도 드나들지 않는 집으로.

증조할아버지하고 산할머니가 살고 있는 이 집은 담장이 낮은 집에 속한다. 담장이 낮아 "산골 하나가 통째로 접수되어 있는" 마당이 어디서든 훤히 다 들여다보인다. 대문이 있긴 하지만 늘 활짝 열려 있어 누구나 드나드는 집이나 마찬가지다.

대문이 늘 활짝 열려 있어 "반찬단지에 고양이 발 드나들 듯" "풀 방구리에 생쥐 드나들듯" 누구나 드나드는 이 집에 오늘은 더 많은 사람들이 들락날락하고 있다.

웬만한 집수리를 포함해 집 안팎 허드렛일은 혼자 힘으로도 척척 해낸다고 자랑하는 산할머니가 혼자서 할 수 없는 일이 이루어지고 있기 때문이다. 창고로 썼던 반지하방을 황토방으로 고쳐 짓는 중이라고 한다. 황토방 짓는 일이 열흘 넘게 지속되고 있는데, 오늘은 황토방에 새 구들을 앉히느라 구들바닥부터 시작해 모든 것이 들썩들썩하고 있다.

토요일이라 학교도 안 가고 학원에도 안 가니 딱히 할 일이 없었다. 어젯밤부터 산할머니 집을 가야겠다고 생각했지만, 또 밤새도록 잠을 못 잔 삼촌 때문에 아침부터 정신이 없는 할머니의 눈치가 보였다. 그런데 할아버지가 장을 보러 가자면서 나를 집에서 데리고 나왔다. 그리고 슈퍼마켓 가는 길을 지나쳐 나를 먼저 여기까지 태워다 줬다. 내가 산할머니 집에 다녀올 때면 얼굴이 참 보기 좋아진다면서.

할아버지 덕분에 아침에 와서 진귀한 구경을 할 수 있었다. 구들장 놓는 일이었다. 아저씨들이 일하는 걸 처음 봤을 땐 입을 다물지 못했다. 크게 벌어진 내 두 눈으로, 땀방울이 굵다는 게, 굵은 땀방울을 뚝뚝 흘린다는 게 쑥쑥 들어왔다. 일하는 아저씨들마다 하나같이 굵은 땀방울을 뚝뚝 흘리고 있었다. 마당 한쪽에 들여놓은 황토를 물에 썩썩 개고, 갠 황토에 볏짚을 썰어 넣고, 볏짚 섞인 황토를 팍팍 치대는 일부터가 온통 땀으로 시작해서 땀으로 끝나는 일로 보였다.

사람 몸에서 저렇듯 많은 물이 나올 수 있는 걸까, 저렇게 많은 물이 쏟아져도 괜찮은 걸까, 보고만 있는 내 몸에서도 덩달아 땀이 솟았다.

여기로 갔다가 저기로 갔다가 몹시도 바삐 뛰어다니는 산할머니를 붙잡고 물어보지 않을 수 없었다.

"꼭 저렇게 힘들게 황토방을 만들고 구들장을 놓아야 해요?"

"구들장을 들인 황토방에 앉아 보고 누워 보면 알게 될 게다. 왜 사람들이 오랜 시간과 많은 땀을 들여 저 수고들을 하는지."

황토방에 앉아 보고 누워 보지 않아도 알 것 같기는 했다. 많은 사람들이 시간을 들이고 땀을 흘리는 일이니까. 산할머니가 단단히 준비해서 하나하나 실행하고 있는 일이라니까.

너무 짧은 봄이라 그런지, 앉은자리에서 쑥버무리 바구니를 금세 다 비운 아저씨들은 금방 일어나서 또 바쁘게 움직이기 시작한다. 증조할아버지가 할 일이 많을수록 서두르지 말고 쉬엄쉬엄 하자고 하는데도 아저씨들은 "충분히 먹고 쉬면서 하고 있으니 걱정 마십쇼, 어르신. 어르신 댁에서 하는 일은 일도 아니니까요." 하면서 연장과 땀수건을 챙겨 들기에 바쁘다.

아저씨들이 일어난 자리를 주섬주섬 치우며 증조할아버지가 말을 건넨다.

"그래, 네 친구들하곤 화해를 했다고?"

"제 친구들이요?"

"그 뭐냐, 고릴라 아빠를 둔 애하고, 또 그 뭐냐, 이름 하나만 평범하다고 했던 애하고 말이다."

"아아, 예에…… 화해하고 말고 할 것도 없었어요. 바로 그다음 날 같이 점심을 먹었거든요. 아, 제가 먼저 그러자고 한 건 아니고요, 걔들이 제 자리로 와서 막 같이 먹자고 했지만요."

"친구란 게 원래 그런 법이지. 싸울 땐 싸워도, 싸우고 나서는 화해하고 말 것도 없는 게 친구라는 게다."

"친구란 게…… 참 좋은 거네요."

"아암, 좋고말고."

그날 산할머니가 자꾸 건네주는 오징어 같은 팽이버섯을 입에 넣고 씹고 있자니, 나도 모르게 고운이 김세영 얘기가 술술 나와 버렸다. 같이 점심을 먹다가 내가 먼저 자리를 박차고 나온 얘기부터 시작해, 그 애들이 계속해서 화해의 눈짓을 보냈는데도 아무 대답 없이 먼저 교실을 나와 버렸다는 얘기까지 다 꺼내 놓고 말았다.

산할머니가 버섯 손질을 다 끝내고 나서 설거지까지 마칠 무렵엔 가족사진 얘기까지 털어놓은 다음이었다. 고운이 아빠가 진짜 고릴라처럼 보이기도 했다는 말도 슬쩍 덧붙였다.

그때 증조할아버지는 물도 찾고 술도 찾고 안주도 찾느라 주방을 자꾸만 들락날락하고 있는 줄 알았는데…….

"이름 하나만 평범하다는 그 애 말이다…… 이름이……?"

"김세영이요?"

"그래 김세영. 그러니까 그 세영이라는 아이가 이름만 그렇고 다른 건 다 평범하지 않다는 그런 얘기냐?"

"저도 잘 모르겠어요. 자기 입으로 자기가 이름 하나만 평범하다고 해서 그냥 평범하고 싶지 않은가 보다, 우리한테까지 허세를 떨고 싶나 보다 했는데요…… 김세영이 하는 소리를 보면 좀 평범하지 않은 것 같긴 해요."

"하는 소리가 어떻기에?"

"걔가 말끝마다 붙이는 말이 있는데요, 암수가 서로 잡아먹을 듯이 으르렁거리는 집안에서 자기가 어떻게 평범할 수 있겠냐는 말이거든요. 자기 아빠는 우꼴 일간지 기자이고 자기 엄마는 좌빨 월간지 기자래요. 그게 평범할래도 평범할 수 없는 자기 존재의 시발점이래나 뭐래나, 좀 꿀꿀해요."

"어이쿠, 듣는 이 할아비야말로 꿀꿀하구나. 입에 담기도 험한 그 우니 좌니 하는 말을, 무슨 뜻인지 알아서들 하는 소리냐?"

"잘은 몰라요. 에스엔에스 같은 데서 웃기지도 않게 서로 싸우는 걸 보면, 우꼴은 극우 꼴통이고 좌빨은 좌파나 급진 빨갱이 같지만요. 에스엔에스에서 작렬하는 그 아저씨들 허세에 비하면 중2 허세는 댈 것도 아니에요."

"어이쿠야, 갈수록 태산이구나. 채 여물지도 않은 입에서 극우니 급진이니 하는 말까지 나오다니…… 이 허세 가득한 세상에서 씁쩝하지 않을 도리가 없구나."

"씁쩝이요?"

"씁쓸하게 쩝, 하고 퇴장하겠다는 소리다."

"하하하 증조할아버지도 참……."

"씁쩝은 잠시 미루고…… 그러니까 평범할 수 없는 그 아이의 시발점이, 어이쿠야, 이 말도 막 쓰면 안 되겠구나."

"김세영이 시발점 할 때마다 욕 같을 때가 많았는데요, 증조할아버지가 시발점 하시니까 더 욕 같아요."

"그렇다고 굳이 확인해 줄 필요까지야…… 암튼 그 아이가 제 부모 때문에 평범하지 않게 되었다는 그런 얘기냐, 그게?"

"자기를 낳기 전엔 자기 엄마 아빠가 별 차이가 없었대요. 그런데 자기를 낳고 키우면서 자기 엄마 입장이 바뀌었대요. 뭐 때문인지는 잘 모르겠는데 자기 엄마가 스트레스를 받아서 죽을 것 같았대요. 그래서 공부를 시작했대요. 이왕 공부를 시작한 거 제대로 했고, 그랬더니 세상이 달라 보였대요. 그래서 무슨 단체 같은 데 들어가서 활동도 하고 글도 발표하고 하다 보니 자기 엄마가 자기 아빠랑 입장이 백팔십도 다른 잡지의 기자가 되어 있었대요."

"공부를 제대로 했다? 그랬더니 세상이 달라 보였다? 어째 산할멈 얘기를 듣는 것 같구나. 느이 산할멈이 딱 그랬구먼."

"산할머니가요?"

"그 아이도…… 김세영이 같았을지 모르지……."

"저기…… 증조할아버지?"

"아이고, 이런 정신을 봤나. 그래…… 그 김세영이하고 뜻이 맞기는 하냐? 그 뭐냐, 고릴라 아빠를 둔 애하고는?"

"잘 모르겠어요. ……그 애들도 다른 애들하고 별로 다르지 않거는요. 자기들은 아주 많이 다른 척하지만요. 걔들은 그냥 특목고를 가고 싶어 해요. 자사고 정도는 당연히 가는 걸로 알고 있고요. 처음엔 외모 같은 데 관심이 많은 줄 알았는데, 걔들 진짜 관심사는 따로 있었고, 그게 성적이더라구요."

"허, 그렇구나."

"이런 말은 좀 그렇지만…… 고운이가 한 번씩 고릴라 운운하는 거나 김세영이 자기가 자꾸 평범하지 않다고 하는 게 성적에 대한 스트레스 때문인 것 같을 때도 많아요."

"거참, 한창나이에 참 힘들게들 사는구나. 솔이 넌 특목고 같은 덴 가고 싶지 않은 게냐?"

"어휴, 전 그런 데 관심 없어요."

"느이 할머니는 그런 데에 관심이 아주 많은 것 같던데."

"할머니 욕심이 과한 거예요."

"듣기론, 새 학년 들어 네가 공부를 열심히 한다고 하더구먼."

"음…… 좀 그렇기는 해요."

"거 듣던 중 반가운 소리다."

"공부가 좀 재미있어지려하거든요."

"아이코, 듣던 중 진짜 반가운 소리다. 욕심 성한 느이 할머니가 무턱대고 입맛 다실 만하구나."

"할머닌…… 제가 공부에 재미들인 건 몰라요. 성적이 좋은 고운이 김세영이랑 몇 번 같이 학원을 다니는 걸 보고, 제가 걔들이랑 똑같이 성적에 관심을 갖게 된 줄 알아요."

"어허…… 느이 할머니도 뭘 보는 눈이 아예 없지는 않으니, 네가 그까짓 성적이 아니라 공부에 재미 붙였다는 걸 곧 알아볼 게다. 세상 이치란 게, 뭐든 한번 재미 붙인 놈을 이겨 먹을 장사가 없다는 거 아니냐."

"아, 예에……."

"약빠른 고양이가 앞을 못 본다는데, 그 녀석들이 약빠른 고양이는 아닌가 보구나. 너를 친구 감으로 척 알아본 걸 보면."

"그건…… 제가 다르기 때문에 그럴 거예요."

"다르다니?"

"그 애들은 좀 달라 보이겠다고, 자기들 입으로 자기는 다르다고 떠들지만 하나도 달라 보이지 않거든요. 그런데 저는 아무것도 하지 않고 그냥 가만히만 있어도 자기들하고 달라 보인대요."

"그냥 가만히만 있어도?"

"예에."

"그야 네가 이 할아비를 빼닮아 인물도 썩 봐줄 만하고…… 또 뭐냐 그까짓 성적보다는 진짜 공부에 재미를 들일 줄도 알고 하니까 그 녀석들도 눈이 있다면 너를 못 알아볼 리 없는 게지."

"그렇게 말씀해 주셔서 고마운데요…… 저도 이제 알 건 알거든요. 자기들이랑 다른 저를 보면서 그 애들이 자기들 스트레스를 푸는 것 같아 좀 그럴 때도 있지만…… 그 애들이 제 머리를 이렇게 막 잘라 놓은 것도 아니고, 다 제가 자처한 거니까 할 수 없다 뭐 그럴 때가 더 많아요. 남 탓을 하는 건 진짜 바보 같고 진짜 웃기는 짓이니까요."

"어허, 우리 솔이가 이렇게나 생각이 많은 줄은 몰랐구나. 이 할아비가 그 고얀 녀석들을 한번 봐야 쓰겠다."

"어휴, 증조할아버지가 한번 보신다고 해서 달라질 걔들이면 외계인이 아니게요?"

"그냐? 그 아이들 정체가 외계인인 게냐?"

"그렇게 물으시면 같은 외계인 입장이라 할 말이 없는데요…… 어쨌든 제가 그 애들이랑 똑같지는 않잖아요. 눈에 딱 띄는 우스꽝스러운 제 머리 꼴만이 아니더라도요."

"우스꽝스럽긴. 이 할아비 눈엔 딱 개성 만점으로 보이는구먼. 근데…… 왜 그리 생각하느냐? 어째서 같지 않다고……?"

"……전 제 얘기를 하고 싶지 않거든요. ……아무에게도요. ……아직은요."

"그래…… 아직은 시간이 필요한 때인 게지. 너희들 나이 때에 남의 입장이나 처지를 일일이 헤아리는 게 쉬운 일은 아니지."

"예, 증조할아버지."

"고맙구나, 인석아. 이 할아비에게 네 힘든 속내를 보여 줘서."

"어휴, 아니에요. 제가 더……."

'고맙습니다, 증조할아버지. 제 말을 할 수 있게 해 주셔서요.'

와, 씨뿌리기

그건 질문이 아니다. 대답할 가치가 없으니까.

조금이라도 생각을 했다면, 그런 질문은 나올 수 없다.

따라서 질문 자체를 무시하는 것으로 시간을 아끼고 싶지만, 어떤 질문이라도 받겠다고 한 말에 책임지는 뜻으로, 여러분이 한 번쯤 들어 본 이야기로 답을 대신하겠다.

물고기와 낚시 이야기다.

먹을 것이 필요한 사람에게 물고기를 한두 마리 잡아 주면, 그 사람은 그걸로 하루나 이틀 정도밖에 버티지 못한다.

그 사람에게 물고기를 잡아서 주는 대신 물고기를 잡는 방법을 가르쳐 주면 어떨까?

여러분이 알고 있는 대로다.

그 사람은 그 낚시 방법으로 평생을 살 수 있다.

그 낚시 방법에 해당하는 게 바로 학습 능력이다.

수학적 사유, 곧 수학을 하는 데 필요하고 수학을 하면서 터득한 생각은, 그 학습 능력의 바탕을 이룬다.

그런데 지금 우리 수학 교육은 학생들에게 낚시 방법을 가르쳐 주는 대신, 잡은 물고기를 던져 주는 식으로 이루어지고 있다는 얘기다. 그것도 엄청나게 많은 물고기를 한꺼번에.

소화되지 않을 물고기를 강제로 먹이는 식이다.

한마디로, 반(反)수학적인 교육을 하고 있다는 얘기다.

잡아서 던져 주는 물고기를 받아먹길 원하나?

나는 여러분에게 잡은 물고기를 던져 줄 생각이 없다.

물고기를 잡는 방법을 가르쳐 주고 싶을 뿐이다.

내 대답이 시원치 않다는 표정들인데…….

검고 기다란 뒤통수들이 설레설레 머리를 내두르는 게 보이지만, 잠깐이다. 이제 검고 기다란 뒤통수들은 내 눈에 들어오지 않는다.

마수 얼굴만 쳐다보고 있기에도 바쁜 내 눈엔, 말을 고르고 또 고르는 마수의 입만 들어온다. 우리들을 바라보고 또 바라보고 있는 눈만 내 눈에 들어온다.

세면 거울 속으로 나를 보고 있는 건 유민주다.

화장실에서 나와 수도꼭지 밑에 손을 갖다 대면서 힐긋 보니, 유민주가 내게 웃어 보이고 있다. 무슨 일인지 모르겠다. 나는 거울에 떠 있는 내 이상스런 표정을 쓱 거두어 버린다.

손에 남은 물기를 휙휙 털어 내면서 화장실을 나오는데 유민주가 내 앞을 가로막고 선다.

"할 말 있어. 시간 좀 내 줄 수 있니?"

"해."

"지금 여기서 말고."

"점심 먹고 하든지 그럼."

"방과 후에 보면 안 될까?"

"그러든지."

"그럼 정문 앞에서 기다릴게."

"밖에서 보자고?"

"교실에서 할 얘기가 아니라서. 교실에 남아서 자습하는 애들도 있고."

"그러든지 그럼."

유민주가 발길을 돌린 자리에, 복도 한쪽에서 지켜보고 있던 고운이와 김세영이 달려든다.

"야야 이솔, 유생각이 왜 널 보자는 거냐?"

고운이가 내 곁으로 따라붙으며 묻는다.

"그래 이솔, 유생각이 너한테 무슨 일로 저런다냐?"

김세영이 뒤질세라 내 곁으로 더 바짝 붙으며 묻는다.

"몰라."

"유생각이 오늘 아침부터 널 자꾸 쳐다보고 그러던데, 걔가 널 보자는 것과 관련 있는 거지?"

고운이가 내 코앞에 제 얼굴을, 아니 머리통을 들이대고 묻는다. 큰 바위 대갈통이 다 떠오르게끔.

"그래, 쉬는 시간에도 유생각이 널 막 쳐다보고 그러더라."

김세영의 입이 뾰족해진다. 쩐내나는 주둥이로 변신하려는 듯.

"할 말이 있대."

"그러니까 유생각이 왜 너한테 할 말이 있다는 거냐고요?"

"또 유생각이 너한테 할 말이라는 게 대체 뭐냐고요?"

"몰라. 이따가 들어 보면 알겠지 뭐."

"네네, 어련하시겠어요! 뭐든 하나도 궁금할 게 없다는 고 얼굴 고대로 있다가 유생각을 만나서 잘 들어 보시면 되겠네요."

"궁금해 뒈지지만 않으면, 오늘 중으론 알게 되겠지요 뭐!"

오늘도 조용히 점심을 먹기는 그른 것 같다. 우리 반을 넘어서 2학년을 통틀어 화제의 중심이 되고 있는 유민주가 내게 말을 걸어온 마당이다. 아이들 사이에서 설왕설래하고 있는 유민주 실체

파악의 도화선이 되기에 모자라지 않다는 듯, 고운이와 김세영이 식판을 앞에 두고 줄기차게 밥알을 튀겨 내고 있다.

김세영이 포문을 연다.

"유생각이 벤츠에서 내리는 걸 본 애들만 해도 여럿이란다."

고운이가 반론의 포문을 연다.

"벤츠도 뭐 벤츠 나름 아냐?"

"유생각이 내곡동에 산다잖냐. 그 벤츠가 웬만한 벤츠겠냐?"

"내 의문은, 그 내곡동이 천차만별이라는 데서 시작한다는 거 아니냐. 전 대통령 엠비가 점찍었던 사저 자리부터 시작해, 오갈 데 없는 사람들이 사는 비닐하우스까지 죄다 포진해 있는 동네가 그 내곡동이라는 동네 아니냐."

카레라이스를 씹던 내 입이 딱 벌어지려고 한다. 아무리 보고 들어도 신기하기만 하다. 김세영 고운이는 말도 참 많지만 어떻게 이렇게 아는 것도 많은 걸까? 서로의 입장이 백팔십도 다른 기자를 부모로 두면 그런가? 고릴라 아빠를 둬도 그렇고?

김세영이 또 말문을 연다.

"그럼 이제 유생각 아빠 직업에 달렸다는 얘기네 뭐."

고운이가 말문을 마저 열어젖힌다.

"유생각 할아버지도 간과할 수 없지."

"그래 맞다. 유생각이 내곡동에 산다면, 걔 아빠보다는 할아버지 쪽이 아직은 더 세겠는걸."

"재수대가리 최회장을 봐도 그렇고, 요즘엔 할아버지 할머니 쪽이 확실히 더 대세잖냐."

"재수대가리까지 갈 게 뭐 있냐? 바로 옆의 이솔을 놔두고."

"그렇지 참. 솔이네 할아버지도 내곡동 사신다고 했지. 내곡동 어디냐? 혹시 유생각이 어디 사는지도 아냐?"

"유생각이 그래서 이솔을 보자고 하는 거 아닐까?"

"할아버지들이 같은 동네 산다고? 야, 오버지, 그건."

얼굴이 화끈해진다. 정말이지 애들은 어떻게 이런 것까지 다 아는 걸까? 학원은 안 가고 왜 내곡동 가는 버스를 타냐고 물어서 할아버지를 뵈러 간다고 딱 한 번 말했을 뿐인데…… 증조할아버지라고 곧이곧대로 말하면 이야기가 복잡해질 것 같아서 할아버지라고 한 것뿐인데…… 내가 제대로 다 설명하지도 않은 내 얘기를 가지고 어쩌자고 내 앞에서 이렇게 아무렇게나 막 떠들어 댈 수 있는 걸까?

내가 뭐라고 하려는데 김세영이 앞서 입을 연다.

"유생각 아빠가 미국에 있다는 말도 들리던데."

"공부할 나이는 아닐 테고, 뭐 하신다냐, 미국서?"

"요즘엔 나이 들어 공부하는 늙다리들도 쌔고 쐈을걸. 우리 엄마를 봐도 그렇잖아."

"그래 뭐, 먹고살 걱정 없으면 평생 공부만 하는 것도 상팔자라고 하더라. 우리 입장에서야 끔찍한 소리지만."

밥알이 곤두선다. 얘들은 나에 대해서도 다 알고 있는 게 아닐까? 우리 엄마가 그렇다는 것도…… 우리 삼촌에 대해서도…… 나한테 아빠 같은 건 없다는 것도…….

거칠 데 없는 입심으로 얘들이 또 무슨 말을 어떻게 해 올지 겁이 난다. 섣부른 공격이 언제까지 최선의 방어가 될 수 있을지 모르겠지만, 곤두선 밥알을 꿀꺽 넘겨 버린다.

"김세영 아빤 기자시라니까 그렇다 치고, 네 아빤 뭘 하시기에 남 아빠에 대해 그리 궁금해하냐?"

고운이가 어이없다는 듯 되묻는다.

"어, 너 몰랐냐? 울 아빠가 뭐 하시는지?"

김세영도 어이없다는 듯 끼어든다.

"야, 운이 아빠, 써전이잖아."

내가 당황하며 되묻는다.

"써전?"

고운이가 맞받아친다.

"그래 성형외과 바로 옆에 붙은 정형외과 써전. 외과의사씩이나 되면서 울 엄마가 얼굴을 다 뜯어고친 걸 몰라보다니 진짜 웃기는 비극 아니냐고, 내가 말 안 했냐? 내가 그걸 안 써먹었을 리가 없는데."

김세영이 킥킥대며 대꾸한다.

"안 써먹긴, 야. 네 리얼 레퍼토리 중에 그만큼 웃기는 비극이 어디 있다고 안 써먹었겠냐."

'아……!'

고운이가 자기 아빠 외모만 닮을 게 아니었다. 자기 아빠 무딘 기질 같은 것도 닮고 그랬으면 좋았을 것을…….

그래도 멋쩍은 건 어쩔 수 없다. 그날 고운이 김세영네 가족사진을 본 뒤로 난 여지없이 위소였으니까. 두근두근 심장을 죄며 내 생각에만 갇혀 있느라, 무슨 말이 어떻게 오갔는지도 몰랐을 정도였으니까.

곤두선 밥알을 꿀꺽 삼켜 버려 더 씹을 것도 없는 빈 입맛을 다실 밖이다.

"유생각 만나는 데 우리도 끼면 안 될까?"

"그래 세영이랑 나도 좀 끼자."

나는 둘을 보지도 않고 묻는다.

"뭐 땜에?"

"물어볼 게 있거든."

나는 고운이를 맞바로 보며 묻는다.

"뭘 물어보게?"

"저번 문제는 유생각만 풀었잖냐. 재수대가리 최회장은 아예 손도 못 댄 걸. 그래서 말인데, 유생각 걔, 엄청난 과외를 받고 있는 거 같지 않냐?"

"엄청난 과외라니?"

"유생각이 벤츠에서 내렸다는 말이 왜 갑자기 따라붙겠냐? 내곡동 산다는 말은 왜 또 따라붙고?"

고운이에 이어 김세영이 열을 올린다.

"재수대가리 최회장보다 더 빵빵한 재력으로 우리가 모르는 엄청난 과외를 받고 있는 것 같다 그 말이거든, 그게 다."

"그렇더라도, 유민주가 그렇다고 말해 줄까?"

고운이의 말이 빨라진다. 그만큼 급하다는 듯이.

"그야 모르는 일이니 한번 해 보자는 거 아니냐. 유민주가 유생각으로 굳어지고 있잖냐. 이제 고작 세 단원이 끝났을 뿐인데. 〈수학의 정석〉에 나오는 문제가 아니니까 재수대가리 최회장은 손도 못 대는 걸 유생각 혼자 척척 풀고 설명까지 완벽하게 했다지만, 그게 진짜 유생각 혼자 힘으로 한 걸까?"

"그때 유민주가 설명하는 거 못 들었어?"

"아하, 듣긴 들었지. 이렇게도 생각하고 저렇게도 생각해 보다가 이렇게 저렇게 풀었다는 그 열라 재수 없는 얘기."

김세영이 끼어든다. 흥분에 찬 목소리로.

"걔가 그 열라 재수 없는 얘기만 지껄였냐. 공부가 쉽지 않은 건 생각을 하는 게 결코 쉽지 않기 때문이라고도 하셨잖냐. 스스로 시간을 갖고 견뎌야 그 생각이란 걸 하게 된다고, 진짜 아무 생각 없이 막 지껄이시는데, 와아, 딱 얼어 죽기 직전에야 그 꼴값을 멈춰주셨잖냐."

"유생각이 생으로 꼴값을 떨어 주시는 바람에 재수대가리 최회장이 졸라 안돼 보이기까지 했으니 말 다했다는 거 아니냐."

나는 시큰둥하게 대꾸한다.

"그럼 그 재수 없는 유민주를 굳이 같이 볼 필요 없겠네."

김세영이 짜증을 부린다.

"야아, 그건 다른 얘기지."

고운이가 김세영을 말리는 듯이 툭툭 치며 말한다.

"재수 없다고 안 보면, 우리가 보고 살 인간이 어디 있냐?"

"하긴, 나도 니들이 열라 재수 없어 하는 인간 중 하나니까!"

김세영이 언제 짜증을 냈냐는 듯 킥킥거리며 말한다.

"뭘 또 그렇게까지 알아서 자폭씩이나 해 주시고……."

"내가 대신 물어볼게."

"뭐라고?"

"어떻게?"

"엄청난 과외를 받는지 안 받는지. 안 받는다고 하면 그만이고, 받는다고 하면 고운이랑 김세영이 알려 달란다고 할게."

"야야, 썩 집어치워라. 잘도 물어보겠다."

"그래, 싹 집어치워라. 잘도 대답해 주겠다."

"집어치울게 그럼."

"하여튼 이솔 얘는 밥맛 떨어지게 하는 데 뭐 있다니까!"

"밥맛만 떨어지면 다행이게!"

누가 할 소리를 하는지 모르겠다. 방금 전에도 밥맛 떨어진다면서 식판에 붙은 밥알까지 박박 긁어 먹은 고운이와 김세영이 밥 먹은 숟가락으로 치즈케이크를 두 조각 째 파먹는 걸 나는 보고만 있다.

* * *

정문 저 바깥쪽에 서 있는 유민주는 멀리서도 눈에 띈다.

어깨까지 오는 찰랑찰랑한 단발머리에, 어디 한군데 손볼 데 없이 딱 들어맞는 교복 차림을 하고, 더없이 반듯하게 서 있는 모습이라니…… 저런 애가 대체 왜 날 보자는 거야……?

유민주를 보면서 터벅터벅 가고 있으니, 애들 말이 아니더라도, 유민주가 최서현하고 비슷한 것 같기도 하다. 말 붙이기가 쉽지 않아 보이는 저 얼굴 표정이 특히 닮은 것 같다. 애들 말대로 열라 재수 없는 분위기 같은 게 말이다. 저런 애가 대체 나한테 무슨 할 말이 있다는 거지……?

유민주가 나를 보고 웃어 보인다. 그러거나 말거나 나는 터벅터벅하는 걸음으로 교문을 나선다. 웃는 얼굴로 나를 보고 있던 유민주가 내 쪽으로 또박또박 다가와 말을 건넨다.

"너 가방 싸는 거 보면서 바로 나왔는데, 늦었네."

"가방도 싸고 오줌도 쌌다."

"그랬구나. 학교 밖에서도 스커트 안에 체육복 바지를 입고 다니는 줄은 몰랐어."

"일관성이라고 해 두자."

"개성이라고 하는 게 더 나쁘지 않을 것 같다. 네 헤어스타일처럼."

"내 스타일은 내가 알아서 하는 걸로 하고, 무슨 일인데?"

"가자, 그럼."

"어딜?"

"버스 타러."

"무슨 버스?"

"내곡동 안 가?

"가긴 가는데…… 너 진짜 내곡동 사냐?"

"응. 나 내곡동 산다고 김세영 고윤이가 벌써 나발 불었구나."

"그야…… 근데 내가 내곡동 가는 건 어떻게 알고?"

"큰샘께 들었어. 너 황토방에 올 거라는 얘기."

"큰샘이라니?"

"아, 큰선생님. 한지수 선생님."

"한지수……?"

'어라, 한지수는…… 산할머니 이름인데…… 얘가 왜 산할머니를 큰선생님이라고 부르는 거지?'

"큰샘이 그러셨어. 너도 오늘부터 황토방에서 공부할 거라고. 황토방에서 아무것도 모르고 부딪히기 전에 널 봐야겠다는 생각이 들어서 이렇게 보자고 한 거야."

"어어, 황토방……."

'황토방에서 부딪히다니? 그럼 얘도 황토방에서 공부를 한다는 건가? 그래서 산할머니를 큰선생님, 아니 큰샘이라 하는 거고?'

"저기 버스 온다. 타자."

또박또박한 걸음으로 버스에 올라 요금단말기에 지갑을 살짝 대고 앞서 나가는 유민주를 나는 허둥지둥 따라 하기에 바쁘다.

내가 가까스로 뒤따르든 말든, 유민주는 한가운데로 또박또박 걸어가서 버스 뒷문 쪽을 등지고 차창 밖이 보이는 자리에 선다. 그러고는 어쩔 수 없이 자기 옆으로 가서 서는 나를 잠깐 쳐다보고는 그만이다.

그게 누구든 내가 무턱대고 남 뒤를 졸졸 따라다니다니 있을 수 없는 일이다. 겸연쩍어서라도 내가 먼저 입을 열지 않을 수 없는 상황이다.

"그러니까 그게…… 너도 황토방에서 공부를 한다는 얘기야? 언제부터 그랬는데?"

"여기 서서 할 얘기는 아니니까 내려서 하자. 너한테 고백할 것도 있고."

"고백이라니? 무슨 고백?"

"고백이라는데, 여기선 곤란하지 않겠니?"

유민주는 그길로 입을 꼭 닫은 채 창밖만 바라보고 있다. 나는 하릴없이 유민주를 본다. 검은 머리 한쪽에 선명하게 그어진 흰 가르마만 내려다보일 뿐이지만.

'나한테 고백할 게 있다고?'

난데없이 고백 어쩌구 하는 바람에 당황한 나머지 무안스러운 건 달아나 버렸는데, 유민주를 따라 창밖만 보고 있자니 별 생각이 다 드는 건 어쩔 수 없다.

내가 또래 뒤를 졸졸 따르는 것도 처음 있는 일이지만, 나를 상대로 또래가 먼저 입을 다물고 하는 일도 없었다. 어떤 상황에서도 상대보다 먼저 입을 다물고 나보다 상대가 먼저 입을 열게 하는 것이 내가 또래들을 대하는 방식이라면 방식인데……. 문득, 어떤 상황에서도 나보다 먼저 입을 열고 또 나보다 먼저 입을 다물지 않는 고운이와 김세영이 떠오르면서 고마운 마음까지 들려고 한다.

'아아, 이게 대체 무슨 시추에이션이지?'

시원하게 뚫린 도로를 시내버스는 더 시원하게 거칠데 없이 달린다. 손잡이를 잡고 섰지만 버스가 크게 커브를 돌 때마다 이리

기우뚱 저리 기우뚱 흔들리는 몸을 막을 길이 없다. 나는 이리저리 밀리지 않으려고 손잡이를 꽉 잡고서도 몇 번이나 유민주에게 부딪히고 만다. 산할머니네 황토방에서 피차 아무것도 모르고 부딪힌들, 지금의 이 상황보다 더 어색할 것 같지 않다.

몸이 잠깐잠깐 부딪힐 때마다 당황하는 나와는 달리, 잠깐 웃어 보이기까지 하는 유민주는 시종 여유로운 모습이다. 어디서 무엇을 해도 내가 이렇게까지 또래에게 질질 끌려가는 일은 없었다. 유민주가 유생각으로 굳어지고 있다는 말이 틀리지 않은 것 같다. 그게 그냥 '생각'을 너머 '고단수'라는 데로 내 생각이 흘러가고 있지만 말이다.

유민주는 또래를 상대하는 데 고단수인 게 분명하다. 그렇지 않다면 이런 상황에서도 이렇게 아무렇지 않은 표정일 수가 없다. 아무 말이라도 하지 않을 수 없는 상황에서도 똑같은 표정으로 나를 한번 쳐다보고 말 뿐인 유민주를 보니, 한 번도 같이 버스를 타 본 적이 없는 고운이와 김세영이 또 떠오르려고 한다. 그 애들이랑 있으면 이렇게 아등바등 손잡이에 매달리진 않을 것 같다. 아니 서로 몸을 부딪치다 못해 서로 붙잡고 나뒹굴어도 이렇게까지 불편하고 어색할 것 같지는 않다.

'그 외계인들이 이렇듯 그리워질 줄이야. 정말이지 이 무슨 황당한 시추에이션이란 말인가.'

버스에서 내려서 육교를 건너고, 왼쪽으로 바로 보이는 외길을 따라서 죽 걸어 올라가면, 길 막다른 곳에 산할머니네 집이 나온다. 그 외길 양쪽엔 크고 작은 각각의 주택만 늘어서 있다. 산할머니네 집에 가기 전에 어디로 가서 얘기할 곳이 없다는 말이다.

그런데도 유민주는 나를 앞서 버스에서 내린 뒤 나를 뒤돌아보며 이렇게 말할 뿐이다.

"가자."

내 대답은 듣지도 않고 또 나를 앞서 가는 유민주다.

'고백할 게 있다며……?'

본인이 알아서 말하기 전에 고백할 게 뭐냐고 물어보는 것도 저어되지만, 그게 뭐든 먼저 물어보고 하는 건 더더욱 내 방식이 아니다. 한 치의 망설임도 없이 육교 계단을 또박또박 밟아 올라가는 유민주를 하릴없이 뒤따를 밖이다.

유민주가 육교 왼쪽 계단으로 내려와 내게 일언반구도 없이 그 외길로 접어들든 말든, 나를 자기 옆에 둔 채로 그 길을 따라서 내처 또박또박 걷기만 하든 말든, 내버려 둘 밖이다. 정말이지 하릴없이.

어느새 산할머니네 집 대문이 나타난다.

있으나 마나 한 대문은 오늘도 어김없이 활짝 열려 있다.

잠깐 봤지만 흙 마당이 그새 뭔가 좀 달라진 것 같다. 저 안쪽을 들여다본다. 흙 마당 한복판에 밭이랑이며 밭고랑이 줄을 이루고 있다. 겨우 며칠 안 본 사이에 밭두둑인지 밭두렁인지가 생겨난 것이다. 산할머니에게 파종할 시기라는 말을 들은 생각이 난다. 상토에 거름을 섞어 썩썩 비벼 놓은 저 밭에 벌써 씨를 뿌렸는지도 모르겠다. 감자 고구마 콩 옥수수 같은 것들을…….

유민주는 산할머니네 집 앞에 그대로 서 있다.

'왜? 지금껏 하시던 대로 우리 산할머니 집에도 먼저 들어가시지 않고!'

속말이긴 하지만 나도 모르게 고운이 김세영이 쓰는 말투가 되고 말다니. 김빠지는 일이다.

'황토방에 가서 얘기할 셈이었던 거야? 사람들이 많이 와 있을 텐데. 그럼, 나한테만 고백하는 게 아닌 거잖아. 공개적으로 고백을 하시겠다고? 그런 것도 고백인가?'

고운이 김세영이 쓰는 말투가 잇따른다. 한심스러워도 어쩔 수가 없다.

나를 쳐다보고 있던 유민주가 고갯짓으로 오른쪽으로 난 길을 가리키며 말한다.

"이 길로 좀 더 가면, 내가 사는 집이 나와. 난 집에 가서 옷도 갈아입고 공부할 책도 챙겨 오려고. 너만 괜찮으면 같이 갔으면 하는데."

"너네 집으로 가자고?"

"내 방에 가서 조용히 얘기하는 것도 나쁘지 않을 것 같아서 그래."

"괜찮지 않을 건 없지만……."

"가자, 그럼."

내 말을 댕강 잘라 내고 제 마음대로 결론짓는 유민주 표정은 버스 타기 전과 별다르지 않다.

'얘가 대체 나한테 무슨 짓을 하려고 이러는 거지?'

엉망으로 구겨졌을 내 얼굴을 보면서도 유민주는 변함없는 표정으로 거침없이 말을 잇는다.

"저쪽으로 조금만 가면 돼."

'저쪽이라고……?'

유민주가 가리키는 저쪽은, 이 동네에서 담장이 높은 집들이 모여 있는 곳이다. 담장이 높아서 대문도 높이 솟아 있고, 높은 대문은 열려 있는 날이 거의 없는 집들 말이다.

지난겨울, 길 저쪽으로 산책을 나갔다가 잘 열리지 않는 높은 대문들 중 하나가 빼꼼히 열린 틈으로 그 집 마당을 들여다본 적이 있다. 비슷비슷하게 넓어도, 산할머니네 집 마당하고는 완전히 딴판이었다.

한겨울인데도 그 넓디넓은 마당엔 누런 잔디가 아니라 초록 잔디가 깔려 있었다. 나중에 증조할아버지에게 물어보니, 사시사철 푸른 서양 잔디라는 거였다.

또 산할머니네 흙 마당에 있는 나무들은 모두 하얗게 발가벗고 있는 데 반해, 뾰족뾰족한 잎이 새파랗게 살아 있는 나무들이 담벼락에 즐비하게 서 있었다. 알고 보니 소나무 향나무 전나무 주목 같은 상록수들이었다. 한겨울에도 새파랗고 기세등등한 상록수들을 보고 있자니, 한마디로 무슨 별세계를 보고 있나 했다.

그런데 그보다 더 놀라웠던 건, 대문에서 마주보이는 저편에 어마어마한 산이 하나 서 있다는 사실이었다. 염치 불고하고 자세히 들여다볼 수밖에 없었다.

집 뒤쪽까지 이어지는 산 한쪽을 깎아 내고, 그 자리에 소나무 향나무 전나무 같은 상록수를 심은 것이었다. 말하자면, 산자락 하나를 인위적으로 깎아 내서 정원으로 조성한 것이었다.

지금 유민주가 앞서 가고 있는 길 저쪽엔, 산할머니네 집 흙 마당하고는 완전히 딴판인, 산자락을 깎아 만든 정원을 가진 집이 서너 채쯤 있는 곳이다. 앞서 가던 유민주가 높은 담을 지나 육중한 대문 앞에 발걸음을 멈춰 선다. 혹시나 했는데, 산자락 한쪽을 통째로 깎아 낸 정원 중에서도 진짜 어마어마한 정원이 있는 집이다.

얼마 전에, 그러니까 그 조그맣고 하얀 꽃들이 다 지고 없던 날, 증조할아버지가 오토바이를 타러 나간 뒤에 엄마랑 같이 여기까지 산책을 온 적이 있다. 전에 없이 활짝 열린 대문 사이로 그 안이 훤히 보였다. 그냥 집이 아니었다. 본 적은 없지만, 배운 대로 하면, 저택이라고 해야 맞았다.

그날 이 저택에 조경 공사가 벌어지고 있었다. 작업복을 입은 아저씨들이 엄청난 연장을 들고 수도 없이 왔다 갔다 했다. 개중 압권은 사다리와 가위였다. 금속으로 된 접이식 사다리가 끝도 한도 없이 늘어나는 걸 보고 '저러다가 하늘을 찌르는 게 아닐까?' 걱정되었다. 아저씨들이 작업모도 안 쓰고 하늘을 찌를 듯한 사다리로 성큼성큼 올라갔다.

그 사다리 위에서 두 다리로만 버티고 선 채, 자루도 길고 날도 기다란 가위 같은 걸 손에 들었다. 나중에 보니 전지가위라는 거였다. 그 전지가위로 나뭇가지를 쳐 내고 바늘 같은 잎을 다듬었다. 전지작업이라는 거였다. 어찌나 아슬아슬해 보이던지, 있는 대로 목을 뒤로 꺾으며 올려다보고 있던 내 입이 바짝바짝 마르고 나도 모르게 엄마 손을 꽉 잡은 손에 땀이 흥건했다.

접이식 금속사다리가 하염없이 길게 늘어나는 것도 그렇고, 내 가위질을 일거에 무색하게 만들어 버린 그 전지작업이라는 것도 그렇고, 산자락을 통째로 깎아 낸 규모도 그렇고, 이 대단한 저택의 그 모든 것이 너무나 엄청나서 미처 다 놀라지도 못했는데…….

"여기야."

유민주가 육중한 대문 기둥에 붙은 인터폰 버튼을 누른다.

"우리 딸 왔구나."

"예, 엄마."

"누구랑 같이 왔니?"

"예, 친구랑 같이 왔어요."

"그래, 어서들 와라."

더 이상 밝고 상냥할 수 없는 목소리 뒤로, 육중한 대문이 스르르 열린다.

굳을 대로 굳어졌을 나를 보면서도 눈빛 하나 달라지지 않는 유민주가 말한다.

"들어가자."

휴, 옮겨심기

밭이랑에 연초록 모종들이 얼굴을 빼꼼 내밀고 있다. 맨 앞의 두 줄은 파프리카와 피망이다. 셋째부터 다섯째 줄엔 매운 청양고추부터 아삭이고추까지 온갖 종류의 고추가 심어져 있다. 그 뒤의 세 줄은 브로콜리와 가지와 오이 모종이다. 그 뒷줄에 있는 건 방울토마토고, 맨 뒷줄에 있는 건 토마토다.

내가 며칠 오지 않은 사이에 밭이랑이 생겨나더니, 어제 하루 사이에 모종까지 끝낸 것이다. 파종해 놓은 것도 신기하지만, 바로 눈앞에 보이는 저 여린 모종들은 보고 또 봐도 신기하기만 하다. 내 손으로 직접 옮겨심기를 했어야 하는데…….

"밭이랑 맨 앞줄은 한 발자국 간격으로 폭, 폭 구멍을 내 주면 돼. 그다음 줄부터는 한 발자국에서 한 뼘씩을 더 보탠 간격으로 구멍을 내면 되고. 구멍은 뭐로 파냐고? 이 호미로 해도 좋고, 저 모종삽으로 해도 좋고. 구멍께의 흙을 호미든 손으로든 해서 살살 긁어내고, 모종을 임시 집에서 한 놈 한 놈 들어내서 조심조심 앉혀 준 다음에, 흙을 토닥토닥 두꺼비 새집 짓듯 잘 덮어 주고 만져 주면 옮겨심기 끝! 어때, 이번 토요일 날 와서 직접 한번 해 보지 않으련?"

산할머니가 그렇게 가르쳐 주고 기회를 줬는데…….

"누구 기다리는 사람이라도 있는 게냐?"

"예?"

"아까부터 대문께를 목을 빼고 보기에 하는 말이다."

"아, 아니에요."

"그냐? ……그나저나 온 나라에 꽃난리가 났구나."

"꽃난리요?"

"꽃이 일찌감치들 피어나서 꽃 없는 잔치를 벌이게 되었다고 난리구나."

"왜 이제야 난리래요? 벌써 피었다가 없어진 꽃도 많은데."

"벚꽃을 두고 하는 말이다. 벚꽃이 개나리, 진달래, 라일락 꽃망울하고 시간차 없이 터져 심상찮다 했더니만, 평년에 비춰 보름가량이나 일찍 피어나서 문제라는구나. 서울에서 3월에 벚꽃이 핀

건 이 할아비가 머리털 나고 처음 있는 일이니 꽃난리가 날 법도 하다마는."

"와, 증조할아버진 그 오래된 일을 어떻게 다 기억하세요?"

"기억을 하긴. 신문을 보고 안 게지. 기상청이 벚꽃이 피는 시기를 처음 관측한 해가 1922년이라 하고, 3월에 벚꽃이 핀 게 그 이래로 처음이라니, 이 할아비가 오래 묵었어도 1922년도면 머리털이 나기 전 아니냐."

"그럼 지금으로부터 92년 전인데, 증조할아버진 아직 많이 젊으시네요. 전 증조할아버지가 백 살쯤 되시는 줄 알았어요."

"아이코, 백 살이나? 어딜 봐서 이 할아비가 그리 오래되어 뵈냐? 백 살이나 먹으려면 아직 13년이 남았는데."

"우아, 증조할아버진 진짜 많이 젊으시네요. 13년이 남았으면…… 아직 87세밖에 안 되신 거잖아요?"

"어이쿠야, 아직 87세밖에, 라니? 백 살인 줄 알았다는 말보다 어째 더 듣기가 거북하구나."

"전 그냥 증조할아버지 연세가 아주 많다고 하니까 한 백 살쯤 되셨나 보다 한 거지 별 뜻 없어요. 우리 할아버진 66세거든요. 근데 제 눈엔 증조할아버지가 할아버지보다 더 젊어 보이실 때가 많거든요. 그래서 그냥 제 생각대로…… 아직 많이 젊으시다는 말이 그렇게 나온 것 같아요."

"느이 할아버지 나이는 어찌 그리 정확히 알고 있냐? 이 할아비

나이는 백 살로 마구 뺑튀기하면서."

"그건…… 엄마가 열아홉에 저를 낳았으니까요. 그래서 엄마는 34, 삼촌은 엄마보다 다섯이 많으니까 39, 할머니는 스물다섯에 삼촌을 낳았으니까 64, 할아버지는 할머니보다 두 살이 많으니까 66…… 증조할아버진 스물셋에 우리 할머니를 낳으셨네요?"

"아이고, 좀 어지럽구나. 솔이 네 기준은 그런 게냐…… 몇 살에 낳았나 하는……?"

"열아홉 살 엄마한테서 나오면, 안 그러려고 해도, 좀 예민해지는 부분이 생기나 봐요. 저도 모르게 그렇게 막 나이 계산이 되는 걸 보면요."

"이 할아비가 말이다…… 이 나이 먹도록 모르는 게 이렇게나 많은 줄은 몰랐구나."

"앞으로 백세가 되시려면 한참한참 남았잖아요. 모르시는 게 있는 게 당연한 거죠."

"어허, 내가 살짝 반성이 되는 마당이라 어지간하면 참으려 했다마는, 네 녀석이 이 할아비를 막 놀리는 느낌이 드는 건 왠지 모르겠구나."

"어휴, 제가 어떻게 증조할아버지를 막 놀려요?"

"자, 당장도 보려무나. 아니라고 하는 말도 전하고 다르게 건성건성이고, 말하다 말고 자꾸 대문께를 보는 것도 그렇고…… 누구 기다리는 사람이 있는 게지?"

"아니요…… 안 기다려요. 아니 좀…… 기다렸는데요, 이젠 안 기다리려고요."

"내 그런 줄 알았다! 그리 목을 쭉 빼고 누구를 기다리다가 안 기다리다가 하는지는 모르겠다만, 이 할아비 마음이 좀 그렇다는 건 알아 둬라. 누구냐고 물어보기도 그렇고, 안 물어보기도 그렇다는 것도 말이다. 이 할아비가 88만 돼도 확 물어보는 건데, 87밖에 안 돼서 꾹 참고 있다는 것도 알아줬으면 좋겠구나."

"실은 저도 잘 몰라서 그래요…… 제가 기다리는 건지 안 기다리는 건지."

"얘기가 그리 되는 게냐? 어떤 녀석인지 어서 썩 꼴을 보이는 게 그 녀석 신상에 나쁘지 않겠구나."

"혹시…… 제가 남자애나 뭐 그딴 걸 기다린다고 생각하시는 거예요?"

"아닌 게냐, 그럼?"

"어휴 증조할아버지도 차암. 저를 그딴 데나 관심 있는 걸로 보셨던 거예요? 여기서 제가 기다릴 만한 애가 누가 있다고요?"

"아니 이 할아비야 그저…… 네가 목을 있는 대로 쭉 빼고 대문께를 쳐다보고 있고…… 또 네가 이제부터 황토방에 와서 공부를 하겠다고 하고…… 또 매양 같이 오는 네 엄마도 안 보이고 하니까……."

"엄만 저쪽에 있어요. 저기서 장아찌를 담그고 있어요."

"이런, 이 할아비가 미처 못 본 모양이구나."

"엄마가 동네 사람들이랑 섞여 있어서 잘 안 보였을 거예요."

"그러니까 네 엄마가 저쪽에서 한몫을 하고 있다는 얘기냐?"

"예, 산할머니가 엄마한테 장아찌 담그는 법을 가르쳐 주겠다고 했거든요. 산할머니가 가르쳐 주면 엄마도 잘 배울 수 있을 거예요. 사실은 엄마가 뭐든 똑같은 모양으로 자르고, 똑같이 계량하고, 똑같이 배합하는 건 진짜 잘하거든요. 산할머니도 그걸 알고 엄마한테 장아찌 담그는 걸 알려 주려는 거구요."

"오호라, 그런 재주를 가졌구나, 우리 세주가. 네 산할머니 장아찌는 제법 특별한 맛이니 잘 배워 두면 좋고말고지."

"할머닌 산할머니가 엄마한테 자꾸 허드렛일을 시킨다고 싫어하시지만 전 좋아요. 엄마는 여기 오는 것도 좋아하고 또 여기 와서 일하는 것도 좋아하거든요. 그리고 장아찌 담그는 건 허드렛일도 아니잖아요. 산할머니 장아찌는 진짜진짜 맛있어요. 증조할아버지 말씀대로 엄마가 잘 배워 두면 누이 좋고 매부 좋고 하는 거죠."

"어이쿠야, 누이에 매부까지? 말나온 김에 우리 세주가 얼마나 잘하는지 한번 가서 보자꾸나."

먼발치에서 증조할아버지를 봐도 먼저 달려와 반갑게 인사를 하는 동네 아주머니들이 증조할아버지와 내가 다가가자 손사래를 친다. 양파 매운 내가 심하니까 가까이 오지 말라면서.

"햇양파가 달다구 먹어 보라고 할 땐 언제구, 오늘은 가까이 가지도 못하게 하는구나. 예서 구경이나 해야겠다."

동네 아주머니들 사이에 자리를 잡고 앉아서 양파를 까고 있는 엄마를 바라보는 증조할아버지 표정은 꽤 흡족해 보인다.

증조할아버지랑 내가 엄마가 일하는 걸 한참 보고 있어도, 엄마는 눈길 한번 주지 않는다. 아무하고도 눈 한 번 마주치지 않은 채 매운 양파를 별 표정도 없이 다듬고 있을 뿐이다. 엄마 옆에 앉은 아주머니들이 엄마에게 말을 시키거나 참견을 놓아도 엄마는 고개도 한 번 돌리지 않는다. 아주머니들이 서로 큰 소리로 주고받는 소리를 기계적으로 중얼중얼 따라 하기도 하지만 그것도 잠깐이다. 지금 엄마 관심은 양파를 똑같은 모양으로 까고 똑같이 다듬는 데만 온통 쏠려 있다.

엄마가 껍질을 벗긴 양파를 놓은 큰 대야 옆에는 곰취, 냉이, 쑥, 더덕 말고도 내가 모르는 봄나물이 담긴 큰 대야가 여러 개 더 있다. 다 장아찌를 담을 재료들이다. 증조할아버지 말대로 엄마도 한몫을 할 일감이다.

"아버지, 거기 서서 뭐 하세요?"

"그냥 구경하고 있다."

"그럼 구경하시고요, 쑥설기를 앉혀 놨으니까 조금 있다가 드세요. 오늘은 아버지가 좋아하시는 달달한 건포도를 듬뿍 넣었어요. 드실 만할 거예요."

"수고했다. 오늘도 맛나게 잘 먹어 주마."

"솔아, 이따가 따끈따끈할 때 갖다 먹도록 해라. 꽃할배께 동치미 한 대접 떠 드리는 것도 잊지 말고. 무는 통째로 담지 말고 나박나박 썰어서 담으면 더 좋고."

"예에, 저도 잘 먹겠습니다."

"느이 산할멈이 날 이용해서 널 막 부려먹는구나. 느이 할아버지, 할머니가 안 보는 틈을 타 종종 저러지 싶다마는 꽃할배라고 하니 봐줄 밖이다. 그래 느이 할아버지, 할머닌 우주를 데리고 치과에 갔다고? 일요일에 문 여는 치과가 다 있구나."

"할아버지가 잘 아는 치과라 그래요. 거기 원장님이 옛날부터 삼촌이랑 생활관 삼촌들을 치료해 줬거든요. 삼촌도 그렇고 생활관 삼촌들도 그렇고, 병원 가는 것도 힘들지만 치과 가는 건 진짜 보통일이 아니에요. 기계로 충치나 치석 긁어 낼 때 나는 소리 있잖아요, 왱왱거리면서 돌아가는 드릴 소리 같은 거요."

"어휴, 그 기계 소리는 말만 들어도 소름이 돋는구나. 바로 눈앞에 갖다 대는 뾰족한 마취주사 바늘도 싫고, 치과 문을 열자마자 달려드는 소독약 냄새는 더 싫고…… 87이나 먹도록 적응 안 되는 게 바로 그 치과라는 거다."

"하하하…… 증조할아버지 표정만 봐도 알겠어요. 정말 싫으신 것 같아요. 저도 정말 싫지만요. 근데 삼촌들은 싫은 정도가 아니라, 그 왱왱거리는 드릴 소리를 아예 못 견디고, 못 참는대요. 그래서 아주 간단한 충치 치료를 받을 때도 마취부터 해야 해서 무척 고생스러웠대요. 부분 마취 가지고는 안 돼서 무조건 전신마취를 할 때도 많았구요."

"치료받는 사람이나 하는 사람이나 다들 욕봤겠구나. 마취제 부작용은 또 얼마나 심했을고."

"예 맞아요. 부작용 때문에 삼촌들 증세가 더 심해질 때도 있었대요. 그게 무서워서 자꾸 치료를 미루고 안 하게 돼서 치아 상태가 엉망이었고요. 그래서 할아버지가 삼촌들 증세에 맞춰 치료해 줄 수 있는 의사를 찾다가 그 원장님을 만나게 된 거래요."

"마취 없이 치료하는 의사가 다 있다니 이 할아비한테도 반가운 소식이구나. 진작 알았으면 좋았을걸!"

"그게 마취를 아예 안 하는 건 아니고요, 좀 덜 하는 것 같아요. 정말 필요한 데만 삼촌들이 잘 모르게 해서 살짝살짝 마취를 하고, 귀에 이어폰 같은 걸 꽂아서 왱왱거리는 드릴 소리가 잘 안 들리게 하고, 또 삼촌들 눈앞에 각자 좋아하는 걸 보여 줘서 정신을 다른 데 쏟게 하고요."

"허, 그런 신통방통한 방법을 쓰다니, 고마운 의사양반이구나. 몸집 큰 사내들한테 그리하자면 시간도 한참 걸리고 노고도 이만저만이 아닐 텐데."

"예, 저도 그렇게 생각해요. 그렇게 하니까 치료 시간이 오래 걸려서, 일요일 같은 날 하루를 잡아서 삼촌들이 다 같이 치료를 받게 된 거 같아요. 할아버지가 직접 가야 별 탈이 없다며 할머니랑 같이 삼촌들을 다 데리고 아침부터 나섰는데, 아마 오늘도 하루 종일 걸릴 거예요."

"자식 봉양을 받을 나이에 자식 부양을 하느라 네 할아버지 할머니는 하루도 편할 날이 없구나."

"산할머니도 하루도 편한 날이 없는걸요. 할아버지 할머닌 자식 일이라 그렇지만 산할머닌 자식 일이 아닌데도요."

"그렇긴 하다만…… 느이 산할멈은 자식이 아닌데도 자식 이상으로 막 부려먹는 재미를 느끼고 살잖냐. 어제도 참 대단했다는 거 아니냐. 네가 오지 않았기 다행이지, 어제 뭣도 모르고 왔으면 딱 골병들 뻔했다."

"골병이요?"

"올 것 없다는데 굳이 와서 땅을 파 재끼고 쟁기를 들고 설치던 녀석들이 오늘은 코빼기도 하나 안 뵈지 않냐? 그게 다 어제 느이 산할멈이 하도 부려먹어서 골병들어 그런 거 아니냐."

"어휴 참, 오늘은 원래 공부하러 오는 날도 아닌걸요. ……근데요 증조할아버지…… 어제 유민주라는 애도 왔었나요?"

"유민주라…… 아암, 왔지. 언제 봐도 이쁘고 똑바른 고놈답게 식전 댓바람부터 찾아오지 않았겠냐. 느이 산할멈하고 어찌나 쿵짝이 잘 맞는지, 서로 밀어 주고 당겨 주고 하면서 저쪽의 모종을 둘이서 거의 다 해치웠다는 거 아니냐. 고놈이야말로 골병이 들어도 단단히 들었을 텐데…… 네가 기다리는 녀석이…… 아니지, 기다리다가 안 기다린다는 녀석이 고놈이냐?"

나는 대답할 말을 찾다가 머리만 긁적인다.

증조할아버지가 부탁하지도 않았는데 나는 오토바이 헬멧을 받아 들고 대문 밖까지 따라나선다.

"이제 뭘 할 참이냐?"

"엄마도 좀 도와주고…… 그러려고요."

"좋은 생각이다. 장아찌 하나 담그는 것도 보기보단 일손이 많이 들더구나. 한두 입도 아니고 그 많은 입에 두고두고 들어갈 음식이니 손길이 더 가겠지만."

"그 많은 입이면…… 증조할아버지랑 산할머니랑 저기 동네 분들 말고도 입이 또 있는 거예요?"

"암 있고말고. 예까지 와서 공부하고 밥 먹고 하는 입들이 늘어나고 있잖느냐. 당장 네 입을 비롯해서."

"아, 항아리가 너무 많다고 투덜댈 게 아니네요. 그래도 그 많은 항아리를 하나하나 다 소독하다가 제 팔이 빠질까 걱정돼요."

증조할아버지가 올 때까진 항아리에 팔 같은 건 빠뜨리지 말라고 농담을 하면서 증조할아버지가 헬멧을 쓰고 오토바이에 척, 오른다. 부릉부릉 시동을 걸면서 시동 소리가 묵직한 것이 제법 터프하지 않느냐는 자랑도 빼놓지 않는다.

내 귀엔 딱 증조할아버지가 낼 만한 시동 소리로 들린다.

"짱 멋져요, 증조할아버지."

"으하하…… 우리 솔이는 확실히 보는 눈이 있다니까. 아까 이 할아비 보고 백 살이나 된 줄 알았다는 말일랑은 싹 잊어 주마."

"예, 고맙습니다."

"안 기다리기로 한 녀석이 오게 되면 저쪽서 오는 게냐?"

"예?"

"대문을 나서고부터는 길 저쪽을 목을 빼고 쳐다보니 하는 말이다. 올 녀석이면 언제든 올 테니 그리 속 태울 것 없다."

"아…… 예에."

오토바이가 부르릉 하고 떠난 지 한참이 지나도록 나는 대문 밖에 그대로 서 있다.

유민주는 오지 않을 것이다.

그래도, 고백

눈을 뜨니, 어둑어둑 어둠이 내려와 있다.

장아찌 담그는 간장배합물을 끓이느라 가마솥을 건 아궁이에 한나절이나 불을 땠다. 쩔쩔 끓는 황토방에서 등을 지져야겠다는 동네 아주머니들을 따라 나도 잠깐 누웠다.

그새 어둑해진 방 안엔 나 혼자뿐이다.

잠결에 동네 아주머니들이 구시렁거리는 소리는 들은 것 같다. 식구들 밥 때문에 더 있고 싶어도 못 있겠다는 소리도. 하나둘 부스스 일어나 살그머니 황토방을 나가는 소리도.

삼촌들을 데리고 치과에 간 할아버지 할머니는 아직 돌아오지 않은 모양이다.

산할머니와 증조할아버지와 엄마는 마루나 주방에서 나를 기다리고 있을지도 모른다.

손을 들어 옷 주머니를 뒤진다. 팔을 뻗어 방바닥을 더듬는다. 스마트폰이 잡히지 않는다.

생각해 보니…… 스마트폰은 내 방 한구석에 있다. 그저께 금요일 밤부터 방치된 채로. 지금까지 찾지 않았으니 먹통인 채로.

어쩌면 그사이 유민주가 연락해 왔을지도 모르겠다. 스마트폰으로. 왜 이제야 그 생각이 난 걸까…… 일어나야 하는데 방바닥에 딱 붙어서 일어나지지 않는 내 몸은 천근만근이다.

그저께 금요일 밤, 잠이 오지 않아서 밤새 뒤척뒤척하다가 결국 한잠도 이루지 못해 새벽녘에는 녹초가 되어 버린 그 몸뚱이 그 꼴이다.

삼촌이 한밤중에 깨어나지 않고 아침까지 잠을 잔 덕분에 우리 가족이 모처럼 편하게 아침 식탁에 앉았던 어제 토요일 아침, 나 혼자 머리가 핑핑 돌아서 비몽사몽 헤매다가 산할머니가 기회를 줬는데도 모종을 하러 와 보지도 못하고 누워 있었어야 했던 어제의 그 몸뚱이 그 짝이다.

파주에 있는 대중탕까지 가서 삼촌이 싸 놓은 똥을 치우고 온 다음 날도 이렇게까지 힘들지는 않았는데…….

* * *

유민주의 '고백'을 들었던 그저께 금요일 밤, 나는 그 집을 나와서 산할머니네 집에 들르지도 않고 바로 버스정류장으로 갔다. 집으로 가는 버스에 올라서도 나는 좀 멍한 상태였다.

버스에서 내려서 터벅터벅 걷다 말고, 스마트폰을 열었다.

길바닥에 선 채로 '고백'이라는 낱말을 찾아봤다.

고백(告白)

1. 마음속에 생각하고 있는 것이나 감추어 둔 것을 사실대로 숨김없이 말함.
2. 〈가톨릭〉 고해 성사를 통하여 죄를 용서받으려고, 고해 신부에게 지은 죄를 솔직히 말하는 일.

굳이 그 뜻을 헤아리지 않아도, 유민주가 '고백'이라고 한 건 고백이 아니라고 생각되었다. 유민주가 자기 '마음속에 생각하고 있는 것이나 감추어 둔 것을 사실대로 숨김없이 말한' 게 아니었기 때문이다.

무엇보다 유민주가 나에게 고백이란 걸 할 이유도 뭣도 없기 때문에 고백이란 말을 써서는 안 되었다. 고백이라는 말은 한마디로 너무 거창했다. 유민주가 자신의 복잡한 심경을 달리 표현할 길이 없어 그 말을 썼다고 해도 말이다.

그날, 유민주는 나를 '보았다'는 말을 여러 번 했다.

내가 증조할아버지랑 평상에 나앉아서 이야기를 나누는 걸 보았다고 했다. 또 내가 산할머니랑 마당에 쭈그리고 앉아서 쑥, 냉이, 돌나물 같은 봄나물을 뜯고 있는 걸 보았다고 했다. 그전에 내가 우리 엄마랑 산할머니랑 같이 밭고랑에 깔린 더덕을 캐는 걸 본 적이 있다고도 했다.

담장이 있으나 마나고 대문이 늘 활짝 열려 있으니까 자기 집을 오가던 길에 봤나 보다 했는데…… 내가 우리 엄마랑 그 동네 산책을 다니는 것도 보았다고 했다. 내가 할아버지 할머니 삼촌 엄마랑 다 같이 그 동네 산책을 나간 건 두 번이 될까 말까 한데(두 번 다 산책을 하다 말고 중간에서 돌아와야 했다.)그것도 보았다고 했다.

그래서 그게 뭐…… 하는 질문은 하지 않았다.

우리 집 가족관계를 비롯해 삼촌이나 엄마의 증세 등에 대해 전혀 모르지 않는다는 얘기일 테니까.

불편한 감정이 들거나 하지도 않았다.

별 맥락도 없이, 그럼 날 볼 때마다 산할머니가 나랑 같이 있거나 내 주변에 있었다는 얘기일 테고…… 그렇다면 뭐 주눅 들고 말고 할 것도 없겠다는 생각이 들었을 뿐이다.

처음엔 많은 말을 나누지 않았다. 많은 말이 필요하지도 않았다. 그냥 보는 것만으로도 충분했다. 유민주가 사는 집을 보고, 유민주 엄마를 보고, 유민주 방을 보는 것만으로도.

유민주 엄마는 유민주 엄마 같았다. 학교 다녀온 딸과 딸 친구를 더없이 반갑게 맞이해 주는 엄마. 처음 방문하는 딸 친구가 불편하지 않도록 이모저모 배려해 주는 엄마. 꼭 필요한 것만 물어보면서 딸 친구와도 격의 없이 눈을 맞추고 웃어 주는 엄마.

유민주 엄마를 보면서 우리 엄마가 생각나거나 한 건 아니다. 그러기엔 내가 정신이 좀 없기도 했다. 어쨌든 나로서는 처음 가 본 집이었고, 유민주나 나나 스스럼없는 사이도 아니었으니까.

유민주 방에 자리를 잡고 나서도 어색함은 잘 가시지 않았다. 유민주 엄마가 가져다 준 고로케를 다 먹어 치우기 전까진 내가 무엇을 먹고 있는지도 몰랐다. 고로케를 씹으면서 책상을 보고, 책장을 보고, 책장에 꽂힌 책을 보다가 파란 표지의 『소년과 바다』를 알아봤다.

“어, 너도 저 책이 있네. 『소년과 바다』.”

“큰샘께 들었어. 너도 『소년과 바다』 번역본을 읽고 나서 원서를 읽고 있다고. 책 이야기를 하고 싶어 한다는 말도 들었어. 그래서 황토방에서 같이 공부하게 될 거라는 얘기도."

유민주가 하는 말이 저 혼자 직선으로 쭉쭉 이어졌다. 웃음이 나왔다. 손가락으로 고로케 가루를 콕콕 찍어 먹었다.

"이거 진짜 맛있다. 고로케가 이렇게 바삭바삭하면서 부드럽고 고소할 수도 있구나."

"고로케가 아니라 크로켓이지."

"크로켓은 무슨. 고로케는 고로케지. 짜장면은 짜장면이고."

"풋……! 더 먹을래?"

"더 주면야."

"같이 다니는 고운이 김세영만 위대 한 줄 알았더니 너도 한 위대 한다. 우리 엄마가 한 솜씨 하는 게 더 크겠지만."

"고운이 김세영이 나 혼자만 이걸 먹은 걸 알게 될까 무섭다."

처음엔 뭘 먹는지도 몰랐던 고로케는 정말 맛있었다. 유민주를 따라 다시 그 집에 가면 고로케 때문일 것 같을 정도로.

유민주는 나에게 할 말이 많은 듯했다. 그만큼 듣고 싶은 얘기도 많다는 뜻이었다. 난 그 자리에서 그렇게 많은 말을 해야 한다고는 생각지 않았는데…….

서로 하고 싶지 않은 이야기를 덮어두고 말을 이어가는 어려움을 유민주가 먼저 조심조심 깨뜨려 보려고 했다.

유민주가 가장 하고 싶지 않았을 이야기를 이어가는 순간에도 나는 귀만 열어 두고 있었다.

혼자서 말을 이어가던 유민주가 작은 한숨 끝에 물었다.

"넌 날 언제 처음 봤니?"

"그야 뭐…… 근데 그건 왜?"

"모르겠지."

"그게 처음인지는 모르겠지만, 널 보고 있었던 건 알아. 네가 처음 문제 풀이 설명을 할 때니까."

"그때 나도 널 봤어. 너도 그 문제를 풀었지?"

"그걸…… 어떻게 알았는데?"

"샘들 말이 맞더라. 교단에 서면 애들 얼굴이 한눈에 다 보인다는 말이. 나를 보고 있는 네 얼굴에 다 쓰여 있었어. 너도 그 문제를 풀었다고."

"그게 보였다고?"

"너도 앞에 나가서 보면 알게 될 거야. 애들 얼굴이 얼마나 잘 보이는지. 어떻게 그렇게 하나하나 다 보이는지. 우리의 마샘이 말을 하면서 왜 자꾸 뜸을 들이는지 나도 앞에 나가 보고 알았으니까."

"우리의 마샘……?"

"그래, 우리의 마샘. 마법의 선생님!"

"그…… 마샘은 왜 그러는 건데?"

"말했잖아. 교단에서 보면 우리 얼굴이 다 보인다고. 우리 얼굴을 하나하나 다 보느라 그러겠지."

"그게…… 그런 거라고?"

"너도 곧 알게 될걸."

"무슨 소리야?"

"무슨 소린지 모르지 않잖아. 한 번은 물어보고 싶었어. 넌 큰샘께 배우지 않았잖아. 아니 딴 건 몰라도, 수학 공부는 안 했잖아. 그런데 어떻게 그 문제를 푼 거니?"

"무슨 질문이 그러냐? 그럼 넌 어떻게 풀었는데?"

"난 이미 말했잖아. 수업 시간에."

"그런 얘기가 아니잖아. 그럼 넌 미리 배우기라도 했다는 얘기야? 그 문제를?"

"그래 뭐, 미리 배웠을 수도 있겠다. 똑같은 문제는 아니지만 비슷한 문제는 풀어 봤으니까."

"그럼 지난번 문제도……?"

"그건 아냐. 내 설명을 다 알아듣는 얼굴이었으니까 잘 알 거 아냐? 그 문제는 내가 생각해서 내 방식대로 풀었다는 걸!"

"그렇다면 너도 잘 알겠네 뭐. 그 생각이란 걸 너만 하란 법은 없다는 걸. 나도 마수가 가르쳐 준 대로 한 거야. 네가 한 그 생각이란 걸 나도 하고 또 해서."

"그럴 줄 알았지만…… 좀 허무하다. 널 처음 본 게 생각났을 때 같다."

"날 언제 처음 봤다는 건데?"

"1학년 여름방학이 끝나고 얼마 안 된 때야. 편의점 앞에서 네가 선배들한테 대드는 걸 봤어. 교복 차림이라 같은 학교 다니는 줄 알았고. 그래서 지켜봤어."

"편의점? 어느 편의점인데?"

"학교 앞 사거리에서 학원가 가는 큰길에 있는 편의점이야. 그 사이 큰길 양쪽에 편의점이 또 생겨서 어느 편의점인지는 의미 없어. 문제는, 사람들이 들락날락하는 편의점에서 네가 선배들한테 대들었다는 얘기니까."

"그게 왜 문젠데? 선배한테 대들면 안 돼?"

"그냥 대드는 정도가 아니었으니까 문제지. 그때 네가 가위를 꺼내 들 거라곤 아무도 상상 못 했을걸. 그것도 책가방에서. 게다가 교복을 입은 채로."

"가위가 문제라는 거야? 책가방과 교복이 문제라는 거야?"

"설명해 줄 수 있어?"

"뭘?"

"왜 그랬는지?

"그 고릿적 일을 이제 와서 설명을 하라고?"

"널 보면 그때 일이 생각날 때가 있어서 그래."

"그치들을 난 선배라고 생각 안 해."

"선배가 아니면?"

"패거리. 지들끼리 어울려 다니는 그 패거리 중 하나가 날 집적거렸어. 그 편의점에서. 상대할 것도 없어서 모른 척하다가 반말로 대꾸했어. 처음엔 선배인 줄 몰랐어. 알았다 해도 반말로 했을 거야. 먼저 반말로 집적거려서 반말인지 뭔지도 모르고 대꾸했으니까. 그런데 그치가 내 선배라는 거야. 막 펄펄 뛰면서."

"그래서?"

"그러냐고 했지, 뭐."

"반말로? 지금처럼 시큰둥하게?"

"자기가 선배라고 난리치는데 걷다 대고 반말할 것까지야."

"반말은 안 했지만, 원하는 대로도 하지 않았다?"

"저 혼자 펄펄 뛰다 말고 제 패거리를 끌어들인 걸 보면 뭐 그랬을지도. 얼마나 웃기던지."

"그래서 웃기라도 했다는 거야?"

"어떻게 안 웃어? 우르르 나타나선 하늘같은 선배를 무시했다고, 죽을죄를 지었으니 용서를 빌라고 코미디를 찍는데. 내 주둥이를 한일자로 찢어발기겠다나 뭐라나 개그를 떠는데."

"그 개그콘서트 끝에 두들겨 맞지는 않고?"

"맞지는 않았어. 대놓고 때리진 않았으니까."

"대놓고 때리진 않았다?"

"생각만 해도 싫은 얘기를 내가 왜 이렇게 늘어놓고 있는지 모르겠는데, 그냥 내 얼굴에 멋대로 손을 갖다 댔어. 이마를 찔러 대고. 볼을 꼬집고. 내 머리를 잡아당기면서 지들 손에 잘 잡히지 않는다고 첨 들어보는 욕설을 퍼붓고…… 그게 시작이었어."

"그 뒤로도 널 괴롭혔다는 거야?"

"두셋씩 패를 지어서 날 찾아왔어. 학교 화장실로. 급식 식당으로. 편의점으로. 내가 제대로 학교생활을 하게 될지 두고 보자고 협박질을 가하면서 내 머리를 잡아당겼어. 생글생글 웃는 얼굴로. 내 머리가 잘 안 잡히니까 더 잡아당기고 싶다면서 내 머리칼을 막 뽑기도 했어, 그 사이코패스들이."

"사이코패스라고? 비약 아니야?"

"아니. 사이코패스 맞아. 상대방의 감정이나 권리를 무시하고 침해하는 성격적 장애를 일컫는 말이 사이코패스니까."

"헐!"

"쾌락을 추구하기 위해 수단과 방법을 가리지 않는 게 사이코패스야. 거짓말과 변명에 능하고, 충동적이고 공격적이고 폭력적이고 피해망상이 강하고, 범죄를 저지르고도 자신이 피해자라는 둥 변명을 내세워 합리화하기도 하는 게 사이코패스들이야."

"그딴 걸 뭐한다고 줄줄이 외워 대니?"

"지피지기. 사이코패스에게 당하다가 사이코패스가 되지 않기 위해서라도 사이코패스를 잘 알아 두자 정신."

"거꾸로 될까, 겁난다."

"쥐꼬리만큼이라도 힘이 있으면 남을 마구 괴롭혀도 된다는 게 사이코패스의 핵심이야. 우리는 지금 사이코패스 정신이 충만한 세상에 살고 있고."

"아니라곤 못 하겠다. 무서웠겠다. 많이."

"무섭기보단 싫었어. 지겨웠고. 사이코패스들에게 당하고만 있기엔 내가 할 일이 좀 많았거든. 나 말고 누가 함부로 내 머리에 손대는 것도 더 참을 수 없었고. 방법을 찾아야 했어."

"이르지 그랬어, 어른들한테라도?"

"넌 어른들을 믿니? 너도 못 믿는 걸 왜……"

"그만 빈정거려. 배부른 소리도 그만하고. 그래도 너한텐 진짜 어른 같은 어른들이 있잖아. 당장 큰샘도……"

"그때 내 상황을 끝까지 몰랐으면 하는 사람이 있었다면 산할머니야. 내 심정을 나도 잘 모르겠는데…… 어쨌든 그랬어."

"실망시키고 싶지 않았겠지. 걱정 끼치고 싶지 않았던가."

"그래서라도 내가 먼저 끝내야 했어."

"그래서 내가 본 대로 한 거다?"

"네가 뭘 봤든…… 그게 다는 아니야."

"그 가위로 네 머리를 자를 줄은 몰랐어."

"그 패거리들 머리를 다 자를 순 없었으니까."

"한 치의 망설임도 없이 네 머리를 마구잡이로 잘라 나가는 너를 보면서 내가 무슨 생각을 한 줄 알아?"

"글쎄…… 사이코?"

"내가 저 애를…… 어디서…… 봤더라?"

"그전에도 날 봤다는 얘기야?"

"그래. 길바닥에 서서 네 머리에 대고 가위질을 하는 너를 보려고 순식간에 사람들이 몰려들었어. 사람들이 널 구경했어. 넌 꼼짝 않고 서서 네 머리를 잘라 내면서 상대방을 노려봤어. 네가 갑자기 그 가위를 선배들, 아니 그 사이코패스들에게 겨누기도 전에 왁왁 소리를 질러 대면서 달아나 버렸어. 넌 땅바닥에 떨어진 네 머리칼을 손바닥으로 쓸어 모아서 비닐봉지 같은 거에 담았어. 그리고 구경하는 사람들 사이로 들어갔어. 처음부터 끝까지 너한테서 눈을 떼지 못하면서 나는 그 생각만 했어. 내가 저 애를 어디서 봤더라."

"대체 날 어디서 처음 봤다는 건데?"

유민주는 그 대답에 한참이나 뜸을 들였다. 황토방 가마솥에 밥을 앉히고 이렇게 뜸을 들이다간 새까만 누룽지도 못 건지겠다 싶은 순간, 유민주 입에서 생각지도 못한 대답이 나왔다.

그런 데서 그렇게 날 볼 수도 있었구나 했지만 내가 입 밖으로 그 말을 냈는지는 모르겠다.

그날 집에 오는 길에도 그랬고 집에 와서도 그랬고 나는 내 멍했다. 할머니의 잔소리도 엄마의 무심함도 내 관심 밖이었다.

먹지도 씻지도 않고 침대에 누웠다가, 벌떡 일어나 앉았다가,

다시 벌렁 누웠다가, 또다시 벌떡 일어나 앉았다가, 스마트폰으로 찾아본 단어가 있었다.

기억(記憶)

1. 이전의 인상이나 경험을 의식 속에 간직하거나 도로 생각해 냄.
2. 〈심리〉 사물이나 사상(事象)에 대한 정보를 마음속에 받아들이고 저장하고 인출하는 정신 기능.

내 머릿속에서 사라진 줄 알았던 일이 새록새록 기억나서였다. 유민주의 대답이 잊은 줄 알았던 기억을 불러일으킨 것이었다. 정말이지…… 좋은 기억은 아니었다.

"널 처음 본 건 지하철역이야. 시간이 지금보다 훨씬 더디 흐르던 때였어. 우리 엄마를 좀 더 보려고 한 시간이나 일찍 지하철역에 와 있었을 때니까. 그때 그 지하철역에서 너를 봤어. 네 친구들하고 같이 있는 너를. 네가 네 친구들을 배웅하는 것 같았어. 네 친구들은 지하철을 타려고 개표구에 카드를 대고 안으로 들어가고, 너는 밖에 서 있었어. 네 친구들은 손을 흔드는데, 넌 그냥 가만있었어. 그래서 내 눈에 띄었을 거야. 별것 아닌 그 첫인상이 왜 그리 강렬했는지…… 시간이 무척 더디 흐르던 때라서 그랬을까…… 그 낯설고 막막한 지하철역에서 내 또래의 네가 내 눈으로 들어와서 그랬을까…… 네가 가위를 꺼내 들고 네 머리를 잘랐던 그때 이후로, 널 볼 때마다 널 처음 봤던 그때가 생각났어. 학교에서도 큰샘 집에서도…… 멀리서 가까이서 널 볼 때도 그랬어. 꽤 오랜 시간이 지났는데도, 한없이 길고 깊게만 느껴졌던 그 도곡역에서, 네가 네 친구들을 배웅하던 그 모습이, 마치 어제 일처럼 내 기억에 있다는 게, 나도 이상해."

나도 이상했다. 그 말을 들을 때도 이상했고, 다 듣고 나서도 이상했다. 집에 와서도 이상했고, 잠자려고 누우니 더 이상했다.

그때가 떠올랐고, 그때의 아이들이 떠올랐다.

나를 위소라 불렀던 아이들이다.

'시간이 지금보다 훨씬 더디 흐르던 때'라던 그때는 초등학교 마지막 겨울방학 때다. 그러니까 파주에서 도곡동으로 이사한 지 1년여쯤 된 때다. 내가 지하철역에서 배웅한 친구들은 파주에서 어릴 때부터 같은 학교를 다니고 같은 동네에 살았던 아이들이다.

유나와 정서.

어린 시절 유나와 정서와 나는 함께 어울렸다. 놀이터, 이갈이, 입학, 소풍, 채송화, 운동회, 피아노, 레고, 태권도, 상장, 길고양이…… 우리들에게 다가온 '처음'을 함께했다. 그 처음은 시간이 지나면서 풍성한 이야기를 낳았고, 그 무엇도 대신할 수 없는 우리들만의 추억으로 간직되었다. 그 일이 있기 전까지는.

그 일을 이야기하려면, 엄마 이야기를 해야 한다. 엄마 이야기를 하는 게 나에겐 쉬운 일이 아니다. 우리 엄마는…… 아직도 생리를 잘 가리지 못한다는 얘기를 해야 하니까. 언제 어디서든, 사람들이 보든 말든, 갑자기 예기치 않게, 입은 옷을 훌러덩훌러덩 벗는다는 얘기를 해야 하니까…….

우리 엄마는 미용실 같은 델 가 본 적이 없다. 미용실에서 펌이나 염색은 물론 머리도 자른 적이 없다는 얘기다. 엄마 머리는 할머니가 자른다.(삼촌의 고질적인 가위질이, 그리고 병적인 내 가위질이 할머니의 가위질을 보고 시작된 게 아닐까 하는 생각이 들지만 이 시점에서 파고들 얘기는 아니다.) 두 달에 한 번 꼴로 자르고 모양은 늘 똑같은 귀밑 단발머리다. 그렇게 하는 이유는, 할머니가 아닌 다른 사람은 엄마 머리에 손도 못 갖다 대게 하고, 엄마 자신이 단발머리 모양만 고집하기 때문이다.

우리 엄마는 비누나 샴푸 같은 세정제도 쓰지 않는다. 머리는 따뜻한 물로만 여러 번 감고, 얼굴이나 몸은 미지근한 물로 가볍게 씻어 내는 식이다. 이도 칫솔로만 닦는다.(칫솔은 할머니가 하루에 한 번씩 갈아 주는 소금물에 담가 놓는다.) 자주 닦고 자주 씻는 편이지만, 물만 사용한다는 얘기다. 씻고 나서 그 흔한 로션 따위도 바르지 않는다.

나도 그렇게 한다. 저녁밥을 먹고 나서 치약을 쓸 때도 있고 어쩌다 샴푸를 쓰는 것만 다르다. 할머니도 할아버지도 삼촌도 마찬가지다. 웬만하면 세정제는 쓰지 않고 미지근한 물로 깨끗이 씻어 낸다.(그렇게 하는 것이 피부 건강에 좋다는 건 최근에 안 사실이지만 실제로 우리 식구가 피부 하나만큼은 남부러움을 살 정도로 좋은 편이다.)

이런 얘기까지 구구절절 늘어놓는 건, 우리 엄마가 몸에 이물질이 닿는 것을 극도로 싫어한다는 사실을 밝히기 위해서다. 바느질한 솔기가 피부에 직접 닿는 것을 꺼려서 속옷이나 맨살에 닿는 옷은 모두 뒤집어 입을 정도로 말이다. 나는 이때까지 엄마가 브래지어 같은 걸 한 것을 본 적이 없다. 우리 엄마는 조금만 불편하거나 어색해도 입은 옷을 다 벗어 버린다는 얘기다. 누가 보든 말든. 언제 어디서라도. 그래서 아직도 생리를 하는 날에는 어쩔 줄 몰라 하면서 생리대를 가지고 쩔쩔매고, 엄마 방에도 화장실에도 거실에도 주방에도 그 흔적을 뚝뚝 남길 때가 있다는 불편하기 짝이 없는 얘기다. 대중탕에서 내주는 찜질복을 입지 못해 찜질방에도 들어가지 못한다는 얘기고.

처음 일이 터진 이야기는 간단하다.

할머니가 벌인 일이고 초등학교 3학년 때 일이다. 내 생일이라고 할머니가 우리 반 아이들을 집으로 초대했다. 남들 하는 건 다 해 봐야 한다면서. 남들이 다 하는 걸 우리가 못 할 이유가 없다면서. 평소에도 손이 큰 할머니가 벌인 일답게 모든 게 너무 과해서 탈이었다. 집 안이 아이들로 바글바글했고, 생일 장식이며 생일

음식이 넘쳐났다.

현관으로 반 아이들이 시끌시끌하게 들어올 때부터 위태위태했던 엄마는, 그 소요와 열기를 이기지 못했다. 엄마가 갑자기 뭐라 뭐라 하면서 엄마 방에서 뛰쳐나왔다. 그리고 하필이면 스무 명이나 되는 아이들이 지켜보는 자리에서 그 일이 벌어졌다. 엄마가 그 자리에서 옷을 훌러덩훌러덩 벗어 던졌다는 얘기다. 알 것 모를 것 다 아는 아이들에게 엄마가 맨 젖가슴까지 다 드러내 보이고 말았다는 얘기다.

'남들 앞에서 발가벗은 느낌'이라는 비유가 단지 비유일 수만도 없었던 당시의 내 심정을 굳이 말하자면 이렇다…… 뭐가 뭔지, 뭐가 어떻게 된 건지 실감이 나지 않았다.

뭐가 어떻게 된 건지는 그다음 날 학교에 가서 알게 되었고, 수영장에 가서 실감하게 되었다. 수영장에서 같이 강습을 받는 여자애들과 남자애들이 여자 샤워장에서 걸어 나오는 나를 쳐다보는 눈이 심상치 않았다. 우리 반 아이가 섞인 그 아이들이 나를 흘깃흘깃 쳐다보다가, 저희들끼리 눈짓을 하며 낄낄거리더니, 급기야 어떤 남자애가 수영팬티만 입은 상태에서 그 팬티까지 벗어 버리는 시늉을 해 보였고, 낄낄거리던 웃음소리가 박장대소로 터져 버렸다.

나야말로 그 애들이 노는 꼴이 우습지도 않았다. 아무렇지도 않은 척 애를 썼다. 그런데 교실에서 당한 것하고는 또 달랐다. 내 몸이 말을 듣지 않았다. 이미 접영까지 충분히 배우고 익혀서 이쪽 물에서 저쪽 물까지 나비처럼 훨훨 날아도 모자랄 내 몸이 물속에 들어가자마자 빳빳하게 굳어 버린 것이었다.

놀란 한순간이 지나가자, 모든 것이 단번에 무너졌다. 허우적허우적하다가 물속 밑바닥에 쭈그리고 앉을 수밖에 없었던 나는, 모든 것이 그대로 멈춰 버렸으면 했다. 아무것도 보이지 않고 아무것도 들리지 않는 채로 그렇게.

그런데 어느 순간에 보니, 내가 샤워장 바닥에다 토를 하고 있었다. 수영장 바닥에서 나 혼자 힘으로 떠올랐는지, 수영 강사가 나를 잡아끌었는지 어쨌는지는 모를 일이었다.

절대로 울면 안 된다는 것은 알아차렸기에, 눈꼬리에 눈물을 매달고 왝왝 구역질만 해 댔다.

그때부터였을지도 모르겠다. 시도 때도 없이 가위질을 하는 삼촌 옆에 앉아서 나도 모르게 가위를 잡았던 것이.

삼촌이 가위질을 하는 게, 그렇게 해서라도 꽉 막힌 삼촌의 머릿속을 '풀어' 보려는 것으로 여겨졌으니까.

엄마가 옷을 훌렁훌렁 벗어 버리는 게, 그렇게 해서라도 꽉 막힌 머릿속을 '정리'하려는 것으로 생각되었으니까.

삼촌도 그렇고 엄마도 그렇고 나도 그렇고, 그렇게라도 하지 않으면 너무나 먹먹하고 막막해서 견딜 수가 없었을 테니까…….

가위를 집어 든 내 머리가 예전 같을 수는 없었다.

풀어지지도, 정리되지도 않는 내 머릿속을 잘라 버릴 수 없다면 내 머리칼이라도 잘라 내야 했다.

먹먹하고 막막한 머릿속대신 머리칼만 삐쭉빼쭉 잘라 낸 나를 전과 다름없이 대해 준 아이들은 둘밖에 없었다. 유나와 정서.

우리에게 다가온 '처음'을 함께한 덕이라고 믿었다.

오랜 시간이 지나도 변하지 않을 우리만의 이야기가 있고, 우리만의 추억이 있는 덕이라고 믿었다.

그런데 시간이 가면서 유나와 정서마저 나를 위소라고 불렀다.

언제 들어도, 누구한테 들어도 참 쓸쓸하기 짝이 없는 별명이었지만, 그 아이들 앞에선 내색하지 않았다.

그 아이들에게도 나는 위소였으니까.

1년여간의 공백이 만만치 않았던 걸까.

1년여 만에 만난 유나와 정서와 나의 대화는 잘 이어지지 않았다. 도곡역에서 만나서 에스컬레이터를 통해 곧장 이어지는 초고층 아파트로 들어설 때까지 내내 그랬다. 얘기가 이리로 갔다가 저기로 갔다가 널을 뛰었다. 우리가 겨우겨우 주고받는 이야기는 어수선했고 가닥이 잡히지 않았다.

그동안 카톡으로 문자 메시지로 이런저런 얘기며 사진을 보내왔을 때 좀 더 잘할 걸 하는 생각이 절로 들 정도였다.

유나와 정서는 오랜만에 만나서 이야기하는 것보다 사방을 두리번두리번하기에 바빴다. 집 안을 두리번거리면서 숨김없이 호기심을 드러냈지만, 우리만의 '처음' 같은 건 없었다. 창밖을 내려다보면서 끊임없이 탄성을 쏟아냈지만, 우리만의 '이야기' 같은 건 생겨나지 않았다.

우리가 주고받는 이야기가 맥락도 없고 두서도 없는 것처럼 서로에게 전달되는 감정도 갈피를 잡지 못했다. 서로를 향했던 눈길이 이리 갔다 저리 갔다 정신이 없었다.

할머니가 내오는 간식마저도 그랬다. 우리가 이어가고 있는 이야기 같았다. 가짓수만 많을 뿐 집어 먹을 만한 게 없는 것이.

서로 1년여 만에 얼굴을 보게 되면서, 우리가 만나게 되면 이렇게 저렇게 할 거라고 예상했던 일이 거의 하나도 이루어지지 않았다는 얘기다.

뭐가 이리 시시한 거야, 이렇게 허무해도 되는 거야, 하는 속내를 서로 숨기지 않을 무렵…… 그 일이 터졌다.

그때처럼 아이들이 많지도 않았다. 그때처럼 열기도 무엇도 없었다. 그런데 갑자기 엄마가 방에서 뛰쳐나왔다. 알아듣지 못할 말을 뭐라 뭐라 중얼중얼하면서 엄마가 거실을 마구 돌아쳤다. 설마설마하면서 우리가 서로 어색하게 앉아 있는 거실 소파 앞에서 엄마가 그 일을 벌였다…… 그때와 똑같은 일을…… 그때하고 하나도 다르지 않은 일을.

믿기 어려운 거짓말 같았는데…… 수영장 밑바닥에 쭈그리고 앉아서 맡았던 그 냄새가 내 얼굴에 훅, 끼쳤다. 그 이상 더 역하고 비릿할 수 없는 물비린내였다.

네 친구들은 손을 흔드는데, 넌 그냥 가만있었어. 그래서 내 눈에 띄었을 거야. 별것 아닌 그 첫인상이 왜 그리 강렬했는지…….

유민주라면, 그때의 나를 알아볼 만했다. 그 애들을 배웅하는 그 순간에도 그 끔찍한 물비린내는 아직 다 가시지 않았으니까.

그 물비린내를 뚫고 무슨 말이라도 내보내야 숨을 쉴 수 있을 것 같은데도 끝내 목구멍 저 깊숙이 주먹을 욱여넣고 있었던 그때의 나를 알아봤던 유민주라면.

브라보, 라이프

교육은 훈련이 아니다.

수학 교육이 아니라 단순 암기와 문제 풀이를 반복한 훈련이 어떠한 결과를 가져왔는지 두 가지만 예를 들어 보겠다.

'호모 사피엔스 성적스'와 '수포자'다.

호모 사피엔스 성적스는 호모 사피엔스의 아종인 호모 사피엔스 사피엔스의 별종으로, 오로지 성적만 생각하는 별종 신인류쯤 되겠다.

수포자는 잘 알다시피 수학 포기자다. 속설을 따르면 수포자가 대학 포기자, 인생 포기자가 되는 것도 시간문제라고 한다. 무서운 이야기다. 결코 동의할 수 없는 속설이라도.

우리 반에도 있다. 호모 사피엔스 성적스와 수포자는.

호모 사피엔스 성적스가 경쟁에서 남보다 항상 앞서 나아가지는 않듯이, 수포자가 대학 포기자나 인생 포기자로 직결되는 것도 아니다.

다만, 수학이 자유로운 시민이 되기 위해 배우고 익혀야 하는 필수 교양이라는 데 전적으로 동의하는 내 입장에선 몹시 안타까운 일이다. 호모 사피엔스 성적스나 수포자의 경우, 자유로운 시민이 되기 위한 필수 교양 과정을 지레 피해가거나, 아예 포기할 수도 있기 때문이다.

수학이 어째서 자유로운 시민이 되기 위한 필수 교양이냐고?

한마디로 답하면, 수학은 권위에 맹종하지 않기 때문이다.

엄정한 논리가 곧 권위이기 때문이다.

수학적 사유가 권위의 바탕을 이루는 것은 이런 이유에서다.

수학을 배운다는 것은 곧 수학적 사유를 한다는 것이다.

수학을 가르친다는 것은 수학적 사유를 하게 한다는 것이다.

나는 우리 사회가 생각하는 사람을 싫어한다고 느낄 때가 많다. 정확하게 질문을 하고 필요한 문제를 제기하는 사람을 기피하는 경우도 본다. 생각을 많이 하는 사람은 원만하지 않거나 어두운 사람이라는 편견도 접한다. 가짜 권위가 판치는 우리 사회에서 자기들 가짜 권위에 대한 도전을 받는 사람들이 비논리적으로, 반수학적으로 답해 오는 경우다.

인간은 호모 사피엔스.

사유는 인간 본성이다.

수학 공부가 여러분의 삶과 결코 무관하지 않다는 이야기를 하고 있다.

그래서 문제 풀이 훈련이 아니라 수학 교육을 할 수밖에 없다는 건데…… 어려운 얘긴가……?

검고 기다란 뒤통수들이 온몸을 비틀며 요동친다.

어렵다고.

어려워도 열라 졸라 어렵다고.

빡치게 어렵기만 하고 필요한 것 같지도 않은 썰을 왜 듣고 앉아 있어야 하는지 모르겠다고.

수학 수업이 끝났지만 마수는 아직 교실에 있다.

검고 기다란 뒤통수들이 질문을 던지고 있기 때문이다.

자유로운 시민이란 게 뭐냐고요, 지구 상에 있기는 하냐고요.

나는 자랑스러운 태극기 앞에 자유롭고 정의로운 대한민국의 무궁한 영광을 위하여… 맹세의 새 버전이냐고요.

생각하게 하는 교육보다 생각 없이 하는 훈련이 덜 괴로울 수 있다는 걸 생각해 달라고 했는데 생각해 봤냐고요.

호모 사피엔스 성적스 이전에 성적스일 뿐인 중2를 아냐고요.

마수가 고개를 끄덕이며 대답한다.

좋은 질문이다. 필요한 질문이고. 특히 성적스들의 질문은 일리도 있고 구미도 당긴다. 충분히 생각해 보고 나서 다음 수업 시간에 잘 답해 줄 테니 기대하시라, 개봉 박두.

고개를 숙이고 허리를 접어 바닥에 떨어진 쓰레기를 줍는 마수에게서 나는 눈을 떼지 않고 있다.

고운이 김세영이 내 자리로 오고 있다. 김세영의 콧구멍이 벌룽거린다. 고운이는 입술을 빨아 댄다. 나에게 할 말이 차고 넘친다는 뜻이다.

고운이 김세영이 다가오는 틈을 타서 내 눈은 유민주를 찾고 있다. 일단의 아이들과 어울려 교실을 나가고 있는 유민주는 나를 뒤돌아보지 않는다. 등교하고부터 내내 그랬듯이.

유민주 입장에선 나를 뒤돌아볼 이유가 없을지도 모른다. 자연스러운 일은 아니지만.

고운이가 다가오더니 제 스마트폰을 불쑥 내민다.

"자, 보이지? 너한테 카톡 보낸 증거. 이게 공스라도 제 할 일은 절대 공치지 않는다는 거 아니냐."

김세영도 제 스마트폰을 내 눈앞에 들이민다.

"자, 내 공스도 넘 공치지 않아 탈이지?"

개통을 하지 않아 전화도 안 되고 문자도 안 되지만 와이파이만 터지면 웬만한 건 다 할 수 있는 스마트폰을 공기계라고 하고 그

걸 줄여서 공스라고 하는 거다.

아이들과 어울릴 기회가 별로 없던 나로서는 얼마 전에야 알게 된 사실이다.

내가 아는 한 공기계는 둘로 나뉜다. 비자발적 공기계와 자발적 공기계로.(공기계를 지닌 아이들끼리는 서로 '비공스' '자공스' 하고 부르는데 또 언제 어떻게 바뀔지 모르는 일이다.)

비자발적 공기계의 십중팔구는 부모로 대표되는 보호자가 피보호자의 스마트폰(중독)과 맞서 싸운 결과로 액정이 무참히 망가져 있는 게 특징이다. 아무리 깨부수고 해지를 해도 '보호자(만) 모르게 여 보란 듯' 부활하는 공기계를 가진 비공스는 우리 반에도 많다. 그중 대부분은 2G폰을 따로 가지고 다녀서 제 기계가 몇 개인지 모른다는 애들도 여럿이다.

고운이 공기계는 멀쩡한데, 김세영 공기계는 액정이 군데군데 깨지고 파이고 뜯겨 나간 상태다.

공기계 꼴만 보면 보호자의 억압으로 비자발적 대열에 합류된 듯하지만, 제 성질을 이기지 못한 김세영이 멀쩡한 기계를 제 손으로 공기계화해 버렸을 가능성도 배제할 수 없다.

김세영이 점점 더 '성적스'가 돼 가고 있는 걸 봐도 그렇고, 자발적 공기계의 선두 주자인 고운이와 찰떡궁합이 돼 가고 있는 걸 봐도 그렇다.

오늘 아침, 내가 교실에 들어서기가 무섭게 나를 향해 달려드는 고운이 김세영은 세상에 둘도 없는 찰떡궁합이었다.

"야야 이솔, 우리를 피 말려 죽일 셈이었냐."

"수혈 받으려고 너네 집까지 찾아갈 뻔 했다는 거 아니냐."

"전화 안 받은 건 내 2G폰 번호를 몰라서라고 쳐도 문자는?"

"우리가 짱나게 보낸 카톡은?"

어젯밤에 산할머니네 집을 나와서 집에 가자마자 스마트폰을 찾긴 했다. 배터리를 바꿔 끼우기가 무섭게 대기화면에 문자와 카톡 알림이 쏟아졌다. 혹시나 했던 건 없었다. 고운이가 초대한 카톡 대화방을 열자 물밀 듯이 들어오는 문자와 이모티콘은 건성건성 봐 넘기고 말았다.

"몰랐어."

"헉, 모르셨다?"

김세영이 나를 통째로 잡아먹을 듯이 으르렁거렸다.

"뭘 몰랐다는 건데? 설마 우리가 보낸 문자랑 카톡을 못 봤다는 소리는 아니지?"

고운이는 차분하게 나를 잘근잘근 씹어 먹으려 들었다.

"그게…… 어젯밤에 본 것 같긴 한데……"

"긴말 말고, 니 폰으로 확인해 보면 되겠네. 봤는지 안 봤는지. 아 참, 학칙 외의 규정을 받들어, 니 폰은 오자마자 사물함에 처박히는 신세지. 그럼 내 공스로 바로 확인시켜 주지 뭐. 이럴 땐 공스 쓸모가 백 프로라니까."

그길로 자기들 자리로 가서 공기계를 꺼내 들었지만 수업 종이 친 다음이었다.

수학 수업이 끝나고 마수가 허리를 굽혀 쓰레기를 줍고 있는 상황에서도 기어이 내 코앞에 자기들 공기계를 들이미는 찰떡궁합에게 내가 대꾸할 말은 그리 많지 않다.

"그래, 미안하다."

"이솔 얘가 왜 이런다니? 아까는 미안하다는 말을 다 하더니, 먼저 우리한테 와서 점심 먹자는 말도 다 하고. 이게, 이게 우리 톡을 열라 씹은 것 땜에 이러는 것만은 아니지 싶다."

"이솔 너, 그날 밤에 유생각이랑 뭔 일이 있었던 거지? 그래서 딱 그날 밤 이후로 우리 톡도 내리 씹은 거고?"

"어쨌든 뭐 알아서 다 밝히시겠다잖냐. 밥부터 먹고 보자."

"그래 뭐 금강산만 식후경이냐, 이솔 취조도 식후경이다."

식당까지 가는 동안 고운이와 김세영이 주거니 받거니 하는 말을 나는 듣고만 있다. 자기들 팔꿈치로 나를 번갈아 툭툭 치는 것도 내버려둔다.

우리를 저만치 앞서 가고 있는 유민주는 끊임없이 깔깔거리고 있는 일단의 아이들 사이에서 특유의 웃음을 머금고 있다.

"우리가 그 밥에 그 나물로 어울려 밥을 먹어 그런가. 어째 급식이 매양 그 밥에 그 나물인지 모르겠다, 쩝."

고운이의 투정을 김세영이 받아친다.

"울 엄마가 던져 주는 빵 조가리에 대면 내겐 진수성찬인걸. 남자애들 코빼기도 못 본들 어떠하리. 울 학교보다 끝내주는 급식이 없다는데."

"누가 쩐내나는 주둥이 아니랄까…… 걸맞게 놀기는."

"내 헝그리정신을 함부로 까지 말길 바란다."

"헝그리정신이 아니라 깡그리정신이겠지. 여물이든 사료든 안 가리고 깡그리 먹어 치우는 정신."

매 끝에 정든다는데, 밥 끝에 정든다는 말도 맞을 것 같다. 고운이 김세영이 내 옆에서 내 앞에서 같이 급식을 먹고 있는 게 다행이라는 생각이 든다. 지난주와 다르지 않고, 지지난주와도 다르지 않은 월요일 점심이라는 것도.

나 혼자서도 점심을 잘만 먹었던 때가 언제였나 싶다. 이제는 이 넓디넓고 시끌벅적한 식당에서 나 혼자 밥을 먹는 게 쉽지 않을 거라는 생각도 뒤따른다.

저쪽 편에 앉아 있는 유민주가 나를 보고도 시치미를 뚝 뗀 채 일단의 아이들과 어울려 밥을 먹고 있다. 유민주가 내 시야에 잡히지 않도록 몸을 왼쪽으로 튼다. 별 소용이 없다. 고운이 김세영이 유민주에 관한 질문 공세를 펼치고 있는 다음에야.

"내가 유민주랑 버스 타는 걸 봤다고? 참 대단하다. 날 뒤따르기까지 하다니. 그래, 같이 버스를 탔고 같이 내곡동에서 내렸어.

됐냐?"

"뭐야? 그럼 운이 예상대로 진짜 둘이서 유생각네 집에라도 갔다는 거야?"

"그래, 갔어."

"헐, 대박!"

"유생각 걔, 세영이 예상대로 엄청나게 잘사는 집인가 보다. 널 막 데려간 걸 보면."

"그러게. 걔네 할아버지네 집보다 꿇리지 않으니까 막 데려갔을 거 아냐. 유생각네 집, 진짜 그렇게 엄청나냐?"

"그래."

"너네 할아버지 집보다 좋냐?"

"김세영 너, 우리 할아버지 집 본 적 있어?"

"아니."

"본 적도 없으면서 좋은지 어떤지 어떻게 안다고 우리 할아버지 집보다 좋으냐고 묻냐?"

"너네 아파트 너네 할아버지 거라며. 너네 할아버지가 그런 아파트를 놔두고 웬만한 데서 사시겠냐?"

김세영이 무슨 말을 하는지 모르겠다. 우리 아파트가 할아버지 거라도 말도, 증조할아버지 거라는 말도 내 입으로 꺼낸 적이 없는데. 우리 할아버지와 증조할아버지를 헷갈리고 있다고 해도, 김세영 입에서 이런 식으로 나올 말은 아니다.

“우리 아파트가 우리 할아버지 거라고 누가 그러던?”

“어, 아니야?”

고운이가 끼어든다.

“아니긴. 얘네 할머니가 그러셨잖아. 이솔 얘는 엄마 아빠가 바쁘셔서 얘네 할머니가 엄마가 할 일을 하고 있다면서. 그때 얘네 할아버지가 내곡동 사신다는 말도 했잖아.”

고운이가 무슨 말을 하는지 더 못 알아듣겠는데, 김세영은 손뼉까지 치며 맞장구를 친다.

“그래 맞다. 그때 너네 할머니가 분명히 그러셨어. 너네 할아버지가 원래는 너네 아파트에서 사셨는데 땅이 좋아서 땅집으로 이사를 가시고 너네가 이사를 온 거라고.”

“우리 할머니가 그랬다고? 할머니가 니들한테 언제 그런 말을 다 했다는 건데?”

“언제긴…… 니가 그때 학원을 안 나온 날이겠지.”

김세영이 주춤하자 고운이가 끼어든다.

“그때 너네 할머니가 우리한테 피자도 사 주시고 그랬는데, 몰랐냐?”

나는 고운이를 빤히 쳐다보면서 말을 잇는다.

“그래 몰랐다. 할 말, 안 할 말, 못 할 말, 별별 말을 다 하는 니들이 그 얘긴 왜 안 했는지 모르겠다.”

김세영이 대꾸한다.

"그야 우린 네가 너네 할머니한테 다 들은 줄 알았지."

고운이가 덧붙인다.

"그때 너네 할머니가 우리한테 피자도 사 주시고 그런 게 너하고 같이 학원 빼먹지 말고 잘 다녀 달라고 부탁하신 것도 있는데, 넌 그다음에 바로 학원을 그만뒀잖아. 우리가 뭔 재미로 얻어먹은 얘길 꺼내겠냐."

김세영이 말한다.

"야, 너네 할머니 되게 멋쟁이더라."

고운이가 받아친다.

"그래 아는 것도 되게 많고."

"우리가 콜라 먹으려고 하니까 야채주스로 바꿔 주시더라. 우리가 클 때라 몸에 이로운 걸로 먹어야 한다면서."

"그래 무지하게 비싼 걸로. 피자엔 콜라지만 이래서 이솔 피부가 좋은 거구나 하면서 마셨다는 거 아니냐."

밥이 어디로 들어가는지 모르겠다. 어떻게 이렇게 밥이고 뭐고 하루도 그냥 넘어가는 날이 없는지 모르겠다.

할머니가 한 말을 자기들이 듣고 싶은 대로 들은 것도 있겠지만, 할머니가 옳게 제대로 말하지 않은 게 분명하다. 할머니가 뭐 때문에 얘들을 붙잡고 그런 엉터리 같은 얘기를 늘어놨는지 모르겠다. 아니 도대체 어쩌자고 할머니는…….

"유생각 걔, 과외 한다디?"

고운이가 할퀴듯 물어 온다.

"그래, 제 입으로 그렇다고 얘기해 주디?"

김세영이 틈을 주지 않고 달려든다.

"안 물어봤어."

"뭐야, 물어본다고 했잖아."

"그래, 네가 먼저 그랬잖아."

고운이와 김세영이 찰떡궁합이 되어 나를 몰아친다.

"물어볼 필요 없었어."

"왜?"

"과외 같은 건 안 하는 게 분명해서."

"유생각이 과외 같은 건 안 하신다?"

"그래."

"이솔 너도 그렇고?"

"여기서 내 얘기가 왜 또 나오는데?"

"너 학원 그만둔 뒤로 내곡동에 자주 가잖아."

"그러니까 너도 거기 가서 과외를 할 수도 있는 거지."

"아니면, 유생각하고 너하고, 왜 갑자기 둘이서 모종의 썸씽을 갖고 그러겠냐? 아니면 아니라고 확실하게 다 밝히든가."

"그래, 그날 둘이 만나서 무슨 말을 했는지부터 시작해서 왜 우리 톡을 씹었는지까지 죄다 밝혀 줘야 우리도 뭐 믿든가 말든가 할 게 아니겠냐."

고운이와 김세영을 더 참아줄 이유가 없다.

"난 더 밝혀 줄 게 없으니 믿든가 말든가 니들 맘대로 해."

앞서 할머니 얘기가 나오지 않았다면, 내 대답이 달라졌을지도 모르겠다.

유민주가 얘들이 말하는 과외 같은 건 안 하는게 분명하지만, 과외로 공부를 하는 건 맞으니까 덧붙일 대답이 있었을 것이다. 나도 얘들이 말하는 과외 같은 건 하지 않지만, 더 보탤 말은 있었다.

앞으로 일주일에 두세 번은 황토방에 나가서, 영어로 된 소설을 같이 읽으면서 영어 공부도 하고 문학이나 역사에 대한 이야기도 나눌 거라는 말을 할 수도 있었다. 황토방을 오가다 보면 자칭 수제자와 그 일당과 어울리게 될 거고, 그러다 보면 서로 머리를 맞대고 수학 문제 풀이를 고민해 보는 시간을 갖게 될지도 모르겠다는 얘기를 해 줄 수도 있었다.

혹시라도 고운이와 김세영이 황토방이나 자칭 수제자와 일당에 대해 호기심을 보이면, 산할머니 얘기를 들려줄 수도 있었다.

우리가 듣도 보도 못한 과일나무들이 넘쳐 나는 산할머니네 집에 놀러가지 않겠냐고 슬쩍 물어볼 수도 있었다. 담장이 나지막하고 대문이 늘 활짝 열려 있어서 사람들 발길이 끊이지 않는 그 집에 가면 87세 할아버지가 멋들어지게 오토바이를 타는 광경도 볼 수 있다고 슬며시 덧붙일 수도 있었다.

하지만 김세영 고운이 입에서 제멋대로 얘기가 튀어나온 뒤다. 나만 모르고 있던 할머니 얘기까지 터져 나온 뒤다. 밥 먹다 든 정이고 뭐고 뚝뚝 다 떨어진 다음이다.

서로 볼 것 안 볼 것 (거의 다) 보여 주고, 피차 속내를 다 털어놓진 않았지만 (어느 정도는) 내비쳤다고 여긴 유민주는 저쪽 편에 앉아 있다.

저쪽 편에서 일단의 아이들에게 꽁꽁 둘러싸인 채, 내가 있는 이쪽으론 눈길도 한번 주지 않고, 제 밥만 꼭꼭 씹어 먹고 있다.

고운이와 김세영이 밥 먹은 숟가락으로 치즈케이크를 퍼먹다 말고 뭐 씹은 얼굴을 해 보이든 말든, 나는 더 이상 대답해 줄 말이 없다.

점심을 먹고 교실로 돌아가는 복도에서 마수를 만난다.

"솔아 잠깐만!"

목례만 하고 비켜서려는 나를 마수가 불러 세운다.

"너도 비누도 안 쓰고 샴푸도 안 쓰고 그런다며? 로션 같은 것도 바른 적이 없고?"

기대에 찬 마수의 시선을 피해 눈을 아래로 떨어뜨린다.

"샴푸는 가끔 써요. 근데 어떻게 아셨어요, 그런 걸?"

되묻는 내 말투가 이래도 되나 싶을 정도로 불퉁스럽다. 가까이서 본 마수의 눈빛에 당황한 탓도 있고, 전혀 생각지 않은 질문 탓도 있다.

"운이랑 세영이한테 들었지. 그 애들 두 번째 고민이 여드름이잖니. 여드름 상담을 해 와서 내 비법을 알려 줬더니 네 얘기를 해 주던데."

"여드름 상담…… 이요?"

"보다시피 내가 이 나이에도 한 피부 하잖니. 여드름 상담을 하는 게 이상할 건 없지. 내가 알려 준 비법으로 효과를 본 아이들도 꽤 되는걸."

이렇게 가까이에서 마수를 보는 건 처음이다. 여드름 상담에다 한 피부 한다는 말까지 나온 뒤라, 맑은 눈빛에 놀란 게 언제인가 싶게, 나는 마수 얼굴을 대놓고 쳐다본다. 나쁜 편은 아니다. 한 피부 한다고 할 만한 피부는 아니지만.

"비법이라는 게……?"

어라, 이게 아닌데, 내 목소리가 퉁명스럽게 갈라져 나온다.

"웬만하면 얼굴에 아무 짓도 하지 마라. 땀 흘려 운동하고, 미지근한 물로 잘 씻어 낸 뒤, 더 이상 얼굴에 손대지 마라."

"아, 예에……."

웃어 보이고 있는 내 얼굴은 '어색' 그 자체일 것이다.

"근데 솔이 네가 그렇게 하고 있다며? 정말 잘됐지 뭐냐. 이제 확실한 근거가 생겼으니 더 자신 있게 얘기해 줘야겠는걸. 10년 전 피부를 원한다면, 얼굴에 아무 짓도 하지 마라. 의심나면 이솔 얼굴을 봐라. 이솔 머리는 보지 말고."

"어휴……."

나도 모르게 뒤통수로 손이 올라간다.

"저쪽에 세영이랑 운이 온다. 널 찾는 걸음이다. 솔아, 우리 내일모레 종례 끝나고 볼까?"

"예에?"

"이렇게 얼굴 보고 얘기하니까 좋다. 좀 더 나누고 싶은 얘기도 있는데…… 오늘 내일은 상담이 잡혀 있어서 어렵고, 낼모레 종례 뒤가 어떨까?"

"아, 예, 뭐……."

"그 체육복 바지 말고 교복 바지가 있으면 더 좋을 텐데, 그치? 그럼 우리 낼모레 보는 거다."

마수의 시선이 내 눈을 부드럽게 찌르고 들어온다.

나는 가던 길로 가는 마수를 계속 바라보고 있다.

고운이 김세영이 내 곁으로 슬며시 다가오기 전까지.

마수가 복도 모퉁이를 돌아 사라지자 걱정이 되기 시작한다.

마수랑 복도에 서서 무슨 말을 그렇게 오래 했냐고 묻는 소리가 잘 들리지 않을 정도로.

상담 신청도 하지 않은 나를 왜 보자는 걸까?

마수가 나에게 무슨 말을 할지 감이 잡히지 않는다.

아니다.

마수가 무슨 말을 해 올지 너무 잘 알아서 감을 잡지 않는 거라고 해야 맞을 것이다.

*　　*　　*

엘에이할머니가 우리 집에 와 있다.

오늘 있었던 좋지 않은 일 중 가장 안 좋은 일이다.

파주에 살 때는 엘에이할머니를 집에선 거의 본 적이 없다. 초고층아파트로 이사 온 뒤부터 엘에이할머니가 우리 집을 '제집 드나들듯' 하고 있는 거다. 너무 높아서 좁은 이 아파트를 더 좁고 답답하게 만들 정도로.

엘에이할머니는 할머니의 친동생이다. 증조할아버지의 딸이고 산할머니의 친언니가 된다는 얘기다.

증조할아버지는 3녀1남을 두었다. 할머니가 첫째고 엘에이할머니가 둘째, 하나뿐인 아들이 셋째고 산할머니가 막내다.

증조할아버지의 외아들(나는 외외종할아버지라고 불러야 한다는데 본 기억이 없으니 불러 본 적도 없다. 진짜 길고 발음도 잘 안 되는데 소리

내어 부를 일이 없으니 다행이라는 생각이 든다.)은 전문직에 종사하면서 미국 뉴저지 주의 프린스턴이라는 데서 산다. 무슨 전문직인지는 모른다. 3년 전쯤에 증조할머니가 돌아가셨을 때도 곧바로 장례식에 참석하지 않아 할머니들의 원망을 산 건 알지만.

이런 얘기까지 꺼내는 건 엘에이할머니를 보여 주기 위해서다. 외외종할아버지 얘기가 나올 상황이 아닌데도 엘에이할머니가 걸핏하면 꺼내는 말이 있기 때문이다.

"오매불망 아들자식만 찾던 우리 엄마만 헛물 켠 꼴이지! 모친상을 당해 놓고도 제때 얼굴도 안 뵈는 호래자식이 박사면 뭐하고 연구원이면 뭣하냐고!"

증조할아버지 얼굴이 씁쓸해지든 말든, 다른 가족들 기분까지 울적해지든 말든 엘에이할머니는 그쯤에서 끝내는 법도 없다. 듣기 거북한 말로 치덕치덕 살을 붙이기 일쑤다. 그 군더더기까지 내보이고 싶진 않다.

엘에이할머니는 엘에이(LA)라는 호칭을 달고 있지만 미국에 있는 엘에이(LA)에서 살거나 하지는 않는다. 단지 다람쥐 쳇바퀴 돌듯 미국을 서너 달에 한 번씩 드나들고 있을 뿐이다. 내가 태어나기 전부터 시작해서 지금까지.

엘에이할머니 본인이 알기론, 조기유학을 보낸 아들딸이 엘에이에서 중고등학교를 졸업하고 대학을 나오고 또 대학원까지 다니는 바람에 20년여 동안 엘에이를 들락날락하게 되어서 그런 호칭이 따라붙은 걸로 안다. 하지만 그렇지 않다. 결정적으로는 엘에이에서부터 증조할아버지 집까지 엘에이갈비를 들고 왔다는 얘기를 듣고 그런 호칭을 붙인 거니까.

앞서 말한 적 있지만, 우리 식구는 비누나 샴푸 같은 걸 잘 쓰지 않는다. 그런데 엘에이할머니는 미국을 다녀올 때마다 '미제'라고 하면서 값비싼 세정제를 비롯해 화장품 같은 걸 줄기차게 사다 날랐다고 한다. 그때는 우리가 지금보다 더 정신없이 살던 때라 '미제 아니라 미제 할아버지'라도 다 무용지물이었다. 그러거나 말거나 우리 집엔 포장도 안 뜯은 무용지물이 넘쳐났다고 한다. 그러다가 해외여행 자유화의 급물살을 타면서 미제화장품이나 미제초콜릿, 미제커피 인기가 시들해지는 바람에 좀 주춤해졌다가, 급기야 엘에이할머니가 엘에이갈비를 비행기에 실어 날랐다는 얘기다. 꽝꽝 얼린 고깃덩어리는 어디 가고 없고 핏물이 뚝뚝 떨어지는 흐물흐물한 핏덩이를.

갓난쟁이였던 내가 그런저런 사정까지 다 알게 된 건 다름 아닌 엘에이할머니 본인 입에서 나온 말 때문이다.

"뻔한 월급쟁이 살림에 비행기 삯이라도 빼려면 별수 있었는지 알아? 명품시계에 명품가방을 들여와도 전만큼 짭짤하지도 않고 알음알음으로 팔아먹을 덴 다 팔아먹었으니 어쩌겠어? 그런 고깃덩이로라도 재미를 볼 수 있을 땐 봐야지! 그리고 그때 그 엘에이갈비가 지금 수입해 들여오는 엘에이갈비 따위와 똑같은 줄 알아? 내 덕에 일찌감치 미제 고기 맛을 봤으면 고마운 줄 알아야지, 그때 일이 언제 적이라고 잊을 만하면 건드린대 건드리길!"

어쩌다 할머니 입에서 그때의 엘에이갈비 얘기가 한두 마디 비칠라치면, 엘에이할머니가 눈에 쌍심지를 켜고 열 마디를 앞서 내뱉은 탓이다. '뻔한 공무원 살림'부터 '미제 고기 맛'까지 언뜻 들어도 엘에이할머니 변명은 허점투성이다. 그렇지만 다들 엘에이할머니의 생억지에 질려서 쓴 입맛만 다셨을 뿐이다.

그렇게 해서 엘에이할머니라는 호칭을 쓰게 되었지만, 나 혼자만 속으로 쓰는 호칭은 따로 있다.

이름 하여 '막장'할머니다.

이 막장은 '갱 안에 뚫어 놓은 길인 갱도의 막다른 곳'이라는 뜻보다는 막장드라마의 막장을 말한다. 엘에이할머니가 언제 어디서나 본인이 하고 싶은 말은 조금도 참지 못하고 마구 뱉어 내는 걸 보면 '막장드라마월드' 속의 아주머니나 할머니 들이 내질러 대는 막말이 저절로 떠오르기 때문이다.(사실 난 텔레비전도, 드라마도 잘 보지 않는다. 보고 싶지도 않고 보고 있을 시간도 없다. 할머니가 거실에서, 주방에서 틀어 놓고 있는 드라마를 집 안을 오가며 보고 듣게 되었을 뿐이다. 잠깐잠깐 볼 때마다 인물들이 죽을 듯이 악을 써 대는 그 드라마들이 하나같이 다 말이 안 되는 억지투성이라 막장을 모르지 않는 것뿐이다.)

이렇게 말해 놓고 보니 맞지 않는 부분도 있다. 할아버지가 "뭐

한다고 매일같이 그 쓰잘머리 없는 걸 눈앞에 꿰차고 있느냐"고 할 때마다 할머니가 구시렁구시렁 대꾸하는 말이 있기 때문이다. 그 구시렁거림에 따르면, 막장드라마월드 속 인물들은 (할머니가) 현실에서 지르고 싶어도 못 지르는 막말을 (할머니를 대신해) 속 시원히 내뱉어 줘서 (할머니의) 가슴속 응어리를 풀어 주기도 한다.

엘에이할머니가 내지르는 막말은 듣는 사람들 가슴속을 시원하게 해 주기는커녕 더 꽉꽉 막히게 만들어 버리니까 막장보다 못하니 '끝장'이나 '난장'일지도 모르겠다. 다른 사람도 아닌 할머니가 엘에이할머니 말을 듣다못해 뒤로 넘어갈 뻔했던 적도 수차례라니 무슨 말이 더 필요할까?

방금 전에 내가 현관에서 신발을 벗기가 무섭게 들려온 엘에이할머니 소리만 해도 이렇다.

"……우주가 오늘은 집에 안 온다는 소리야? 금요일 저녁때나 볼 수 있다고. 지금 우주 있는 데가 옛날의 거기 맞지? 예전 집에서도 한참 들어가야 나오는 그 구석까지 찾아가서 들여다보는 것도 쉽진 않겠네. 거기 그룹홈인가 하는 데에 그런 애들이 떼로 모여 있는 걸 보니…… 좀 그렇던데. 아니 이젠 애들도 아니지. 다들 서른이 넘었겠다. 마흔도 낼모레지 않아? 그 왜, 담배꽁초를 집어 먹는다는 애는 지금도 그런가? 그렇게 뚱뚱한데도 발뒤꿈치를 들고 발가락으로만 뒤뚱뒤뚱 걸어 다니는 애는? 여자애들 스타킹 신은 것만 보면 쫓아가서 발을 만진다는 애는 아직도 그 짓을 하나? 그러고 보면 우리 우주만큼 멀쩡한 애도 없어. 우리 우주가 인물도 거기선 제일 훤하지 왜? 그나저나…… 거기 애들은 클수록 더 문제겠다. 아니지, 더 클 것도 없으니 나이 먹어 가는 게 문젠가? 거기 생활교사인가 뭔가가 자주자주 바뀔 법도 한 일이지 뭐. 멀쩡한 애들하고 같이 생활하는 것도 마땅찮아하는 요즘 세상에 젊은 것들이 그 험한 일을 하려고 하겠어? 나이 든 축들은 힘이 달려서 그 짓도 힘들 거고…… 이래저래 참 문제네 문제야……"

나는 거실로 접어드는 복도에 서서 할머니가 엘에이할머니 말을 끊어 내길 기다리고 있다.

막장의 강도가 심해지면 상황에 대한 인식이 둔화되는 부작용이 따른다고 하는데, 맞는 말이다. 할머니가 엘에이할머니의 저런 경우 없는 말에도 가만있는 걸 보면.

"그러고 보면 우리 세주는 저만하기가 얼마나 다행인지 몰라. 그룹홈에는 안 가 있어도 되니 말이야. 자폐는 여자애들이 훨씬 드물고 증세도 가볍다는데 그게 맞나 보네. 우리 세주가 아직 별 탈 없이……"

막장의 강도가 심해지면 현실에서 맞닥뜨리는 그악스러운 사건의 폐해를 개선하려는 노력보다 그렇구나 하는 식의 체념으로 이어질 수 있다고 하는데, 맞는 말이다. 할머니가 엘에이할머니의 저런 분별없는 말까지 듣고 있는 걸 보면.

나라도 나설 수밖에 없다. 엘에이할머니의 막장에서 내 얘기까지 쏟아지기 전에.

"학교 다녀왔습니다."

엘에이할머니가 자신의 막장에서 나와서 나를 반긴다.

"어머나, 솔이 왔니?"

"예, 안녕하세요?"

"어휴, 넌 머리 꼴이 그게 뭐니? 교복 치마 밑에 그 체육복 바지는 또 뭐고? 뒤에서 보면 사내놈한테 교복 치마를 입혀 놓은 줄 알겠다. 남들처럼 머리도 좀 예쁘게 기르고 교복도 좀 맵시 나게 입고 다니지. 중학생이 된 게 언젠데…… 아직도 교복 태가 안 난다니 너는?"

"잔소리한다고 바뀔 이솔이었으면 벌써 바뀌었지."

그러면서 할머니가 무르춤하게 서 있는 나를 보고 눈짓을 해 보인다. 그만 내 방으로 들어가라는 뜻이다. 할머니의 어색한 눈짓이 아니더라도 이 거북한 자리에 더 있을 이유가 없다. 그런데 엘에이할머니는 오늘도 나를 그냥 놓아줄 기색이 아니다.

"일찍 왔다? 집에 왔다가 학원을 가니?"

"전 학원 안 다녀요."

"학원을 안 다녀? 그럼 과외를 하니?"

“아니요, 아무것도 안 해요.”

“어머나, 세상에. 아무것도 안 하면 어쩐대! 언니, 얘 정말 아무것도 안 해?”

“그래, 안 해.”

“아니 어쩌려고 애한테 아무것도 안 시킨대? 강남에서 과외시키겠다고 이 아파트로 아득바득 들어온 거 아니었어?”

“본인이 필요 없다는데 어쩌겠어.”

“필요 없긴? 제가 뭘 안다구! 코뚜레를 꿰어서라도 시켜야지. 무슨 똥배짱으로 애를 방치한대?”

“방치하긴 누가 방치해? 지수한테 가서 영어도 배우고 수학도 배울 거라는데.”

“지수한테? 아니 지수야 그 동네 조무래기들 모아다가 되는대로 공부시키고 그러는 거 아니야? 지난번에 보니까 밥까지 공짜로 퍼 먹이던데. 그런 지질한 동네 애들 틈바구니에서 뭔 놈의 영어를 배운다는 거야? 뭔 놈의 수학을 배우고?”

“그건 다 옛말이지. 요즘 들어 지수가 애들 공부에 얼마나 공을 들이는데. 제대로 공부시키겠다고 황토방까지 들이고 하는 거 보니까 지수가 다시 보이더라.”

“아이고머니나! 그 집에다 기어이 황토방을 들였다고?”

“그래, 황토방을 아주 제대로 지었더라. 가르치고 배우는 방 말고도 애들이 자유롭게 공부할 수 있는 방도 따로 만들고. 방마다 원목 책상에 의자까지 고루 갖춰 놓은 걸 보니까 지수가 정말 제대로 하는구나 싶더라. 알음알음으로 해서 실력 있는 젊은 선생들도 들이는 것 같고. 옛날에 지수한테 와서 공부했다는 학생들이 아주 잘들 자라서, 선생으로 와서 지수 일을 도와주고 하는 걸 보니까 내가 다 고맙고, 마음 든든하고 그렇더라고. 없는 학생들이 공부하러 온다고 먹을 것까지 일일이 다 살펴주고 한 게 헛되지 않아……"

"그래 봤자 남 좋은 일 시키겠다고 그 비싼 땅에다가 고작 황토방이나 지었다는 얘기 아냐. 아버진 가만 계셨대?"

"가만 계시긴. 아버지가 도와주셨으니까 황토방도 들인 거지."

"아니 아버지까지 왜 지수 장단에 춤을 추시고 그런대? 엠비가 그 동네에 눈독 들이고 사저를 짓네 마네 해서 얼른 그 집을 팔아 넘기자고 할 때는 들은 척도 않더니만. 그때야말로 거기 땅값이 최고가를 칠 때였는데!"

"최고가는 무슨 놈의 최고가. 사저 자리로 찍은 땅이 불법 매입이 아니더라도 결국은 안 됐을 텐데. 제 사는 곳에 엠비 사저가 들어서는 꼴을 지수가 그냥 두고 봤겠어?"

"그냥 안 두고 보면? 데모질이라도 했을 거래? 그 동네에 임대아파트 들어선다고 동네 사람들이 데모할 땐 팔짱 끼고 구경만 하더니, 엠비 사저는 못 들어서게 데모질을 했을 거라고? 삐딱 선을 타는 것도 분수가 있어야지! 제까짓 게 대체 뭐라고……"

할머니가 나를 보고 그 어색한 눈짓을 다시 해 보인다. 얼른 내 방으로 들어가라는 눈짓이다.

"지수 걔가 제정신이래? 거기 땅값이 얼만데 구질구질하게 황토방 같은 거나 만들고, 거지 같은 애들이나 끌어들이고……"

"거지 같은 애들이라니? 솔이도 거기 가서 공부를 한다는데."

뒤돌아서서 내 방으로 가려는데, 할머니 입에서 나온 내 이름이 꼭뒤를 잡아챈다.

"거지 같은 애들이 아니면, 도둑놈들이라고 할까? 거기 드나드는 놈들이 다 그렇잖아. 툭하면 거짓말이나 하고, 눈 돌리면 훔치기나 하고. 그놈들이 어떤 놈들인지 언니도 잘 알잖아?"

"그것도 다 옛날 일이야. 어쩌다가 몇 녀석이 그랬지, 거기 애들이 다 그런 것도 아니고. 들어 보니 그 녀석들도 다 살기 위해서 어쩔 수 없이 거짓말도 하고……"

"그러니까 살기 위해서 어쩔 수 없이 거짓말이나 하고 도둑질이나 일삼는 놈들이 거기 모여서 무슨 공부를 하겠느냐는 얘기잖아. 언니가 지금 제정신이야? 코앞에 있는 일류 학원을 다 놔두고 멀쩡한 솔이를 그런 데를 보내게? 공부방이니 황토방이니 해 봤자, 지수 걔가 학교 다닐 때 했던 야학 나부랭이하고 뭐가 다르다고? 그동안 강산이 변해도 몇 번이나 변했는데 지수 걔는 아직도 고작 그따위 짓이냐는 얘기잖아. 언니는 왜 또 그 같잖은 장단에 춤을 추냐는 거고."

"제 애 잃고 나서 겨우겨우 정신 수습하고 살다가, 어른 손길이 필요한 애들을 끌어안으면서 사는 것처럼 살아 보려고 하는 지수한테 그렇게밖에 말을 못 하겠니?"

"세상에 자식 잃은 사람이 어디 저 혼자래? 그리고 그게 언제 적 일이라고……"

"자식 잃은 일에 언제 적 일이 어디 있어? 십수 년이 아니라 삼십 년, 오십 년이 지난들 그게 어디 잊혀질 일이어야 말이지!"

"아직도 정신 못 차리고 그따위 짓이나 벌이니까 하는 말이잖아. 지가 무슨 투사라도 된대? 아니, 투사질을 하려면 제 걸 가지고 하던가. 지가 뭐라고, 지 땅도 아니면서, 왜 제멋대로, 그 알토란같은 땅에다가……"

막무가내로 쏟아지는 막장할머니의 막말은 (새빨간 낮도깨비가 되고 만) 할머니의 따발총 암호보다 확실히 질이 떨어진다. 따라서 달리 해독하고 말고 할 것도 없다. 웃다가 눈물이 날 일은 더더욱 없다. 어쩔 수 없이 비죽 터지는 쓴웃음이라면 모를까.

오늘도 어김없이 쓴웃음만 유발할 뿐인 막말의 요지는 이렇다.

지 땅도 아니면서, 왜 제멋대로, 그 알토란같은 땅에다가……!

엘에이할머니가 우리 집을 수시로 찾는 이유와 다르지 않다.

언니 아파트도 아니면서, 왜, 언니네가 차지하고 앉아서……!

알다시피, 우리 집도 산할머니 집도 다 증조할아버지 집이다.

증조할아버지가 돌아가시기라도 하면, 우리 집은 진짜 우리 집이 되고 산할머니 집은 진짜 산할머니 집이 될까 봐 엘에이할머니가 전전긍긍하며 저렇게 열을 올리고 있는 거다.

내가 열세 살 먹었을 때도 그 이유를 알아채지 않을 도리가 없게 자주자주 우리 집을 찾던 막장할머니가, 내가 열다섯 살 먹은 지금은 할 말 안 할 말 가리지 않으면서 막장을 넘어 끝장으로, 난장으로 치닫고 있는 거다.

내 방에 들어온 지 한참이다. 엄마가 그냥 한번 내 방문을 열어볼 때가 지났다. 엘에이할머니가 와 있는 날엔 엄마가 방에서 잘 나오려 하지 않는다는 생각이 든다.

궁금하다.

엘에이할머니가 엄마를 어떤 눈으로 쳐다보는지…… 엄마도 아는 걸까?

엘에이할머니가 나를 보는 눈은, 처음 나를 보았던 눈과 크게 다르지 않다.

여기서 더 들어가면…… 진짜 골치 아픈 일이 생긴다.

절대로 하고 싶지 않은 얘기를 꺼내야 할지도 모르니까.

엘에이할머니가 막장드라마월드 속에서나 나올 법한 화법으로 마구마구 던져 버린 아빠에 대한 얘기를…… 말이다.

절대로 되풀이하고 싶지 않은 얘기가 있다면 바로 그 얘기다.

그래서 내 머릿살이 이렇게 지끈지끈할 수밖에 없는 거다.

아이고머니나, 집안 망신도 유분수지. 하다하다 어디서, 이런 게, 다, 나왔대! 부처님이 생선 방어 토막을 도둑질하여 먹었다 한들, 이보다 더 답답하고 남우세스럽진 않겠네!

나로서는 잘 알아들을 수 없었던 그 말뜻을 어렵지 않게 눈치챈 것은, 그런 말을 하면서 나를 쳐다보는 엘에이할머니의 눈빛 때문이었다. 엘에이할머니의 그 눈빛은 그전에도, 그러니까 내가 훨씬 더 어렸을 때도 본 적이 있는 눈빛이었다.

다름 아닌 할머니가 나를 쳐다보던 눈빛이었으니까…….

요즘 들어 나를 보는 할머니 눈빛이 어떤지는 굳이 말하고 싶지 않다. 나를 보는 할머니 눈이, 할머니 자신도 가늠이 되지 않을 거라는 말밖에는 할 말이 없기도 하다.

오늘 점심시간에 고운이 김세영한테 들은 말만으로도 할머니한테 따져 물을 말이 한 바가지를 넘는다.

그런데 지금 할머니는 막장드라마월드 속에서도 절대 기죽지 않을 강적을 만나 이미 반쯤은 혼이 나가 버린 상태다.

그렇지 않다 해도, 내가 무슨 말을 할 수 있을까.

애들을 붙잡고 왜 그런 말도 안 되는 소리를 했냐고?

그것도 다 나를 위해서 그런 거냐고?

방문 밖은 여전히 시끄럽다. 엘에이할머니 목소리가 쇳소리로 치닫고 있다. 막장드라마엔 인과응보도 있고 권선징악도 따르던데, 현실에서 부딪히는 엘에이할머니의 무도한 막장 기세는 누그러질 기미가 보이지 않는다.

막장드라마에선 흔해 빠진 반전도, 역전도 있을 것 같지 않다.

귓구멍에 이어폰이나 꽂을 수밖에 없는 나 따위가 어떻게 해 볼 수 있는 여지는 없다.

너무 높아서 좁은 이 아파트에서 할머니가 먼저 내려가려고 하지 않는 한은.

스마트폰에 문자 메시지가 뜬다. 유민주다.

난 황토방에 와 있어.

오늘 안 오니?

참고로 난 월 수 금에 나올 예정.

난 화 목 토에 갈 생각, 이라고 찍었다가 지워 버린다.

그래서 뭐 어쩌라고?

그렇게 찍고, 전송을 해 버린다.

고작 그렇게밖에 하지 못하는 내가 정말 마음에 들지 않는다.

머릿속이 뒤죽박죽이다. 모든 것이 엉망진창이다.

그날 네가 나에게 한 건 고백이 아니야. '독백'이지. 내가 듣든 말든 넌 아무 상관 없었잖아. 내가 어떻게 반응하든 넌 별 상관도 없었잖아. 그러니까 네 혼잣말이라고 해야 맞지. 네가 사는 집으로 나를 데려가고, 네가 사는 모양을 보여 주고, 네 엄마를 보여 주고 한 게 다 네 멋대로였던 것처럼, 모든 게 일방적이었잖아. 그래 놓고는 오늘 학교에선 눈길 한 번 안 주더니, 왜 또 네 멋대로 구는 건데? 나더러 뭘 어떻게 하라고?

스마트폰은 잠잠하다.

넌 그날 나한테서 무슨 말을 듣고 싶었던 거니? 설마 내 입으로 우리 엄마 얘기를 직접 했어야 한다는 거니……? 아빠 따위 얘기를……?

스마트폰 대기화면은 암흑이다.

그것도 아니면 고작 내 입이나 막아 버리자는 거였니? 황토방에서 부딪히게 되면 알게 될 너에 관해, 네 상황에 관해 아무것도 말하지 말아 달라고? 그게 뭐라고……? 겨우 그까짓 게 무슨 대단한 비밀이라고……?

엘에이할머니의 막말은 기운도 세고 전염도 빠르다.
내 혼잣말이 엘에이할머니의 막말을 닮아가고 있다.
말 같지 않은 말이 점점 더 제멋대로 치닫고 있다.

제발, 제발

마수를 기다리고 있다.

마수의 책상 옆에 선 채로.

종례가 끝나고, 곧바로 교무실로 가기가 뭐해서, 일없이 내 자리에 앉아 있다가, 볼일도 없이 화장실에도 들렀다가, 느릿느릿 손을 씻고, 복도를 미적미적 걸어서 마수의 책상을 찾았는데, 정작 마수는 자리에 없었다.

시간이 얼마나 지났는지 모르겠다. 내가 여기 온 뒤로.

마수가 무척 바쁘다는 건 나도 잘 안다. 수업 준비를 많이 한다는 게 매 수업 시간마다 느껴져서만은 아니다. 쉬는 시간이나 점심시간이나 방과 후에, 아이들이 질문을 하느라 혹은 상담을 하느라 마수의 책상 앞에도 서 있고 책상 옆에도 앉아 있는 게 내 눈에 띄어서만도 아니다.

그냥 어느 때인가부터 알게 되었다.

마수가 우리를 보고 있다는 것을. 그러느라 바쁘다는 것을. 우리를 하나하나 눈여겨보느라 더 바쁘다는 것을. 우리한테 쓰레기를 주우라고 잔소리를 하면 되는데 직접 허리를 숙이고 줍고 닦고 하느라 진짜 바쁘다는 것을.

내 생각에만 골몰해 있느라 몰랐는데, 교무실이 어수선하다. 쉬는 시간의 우리 반 교실처럼 시끌시끌하다.

'선생님들이 교무실에서 이렇게 막 떠들어도 되는 건가.'

나는 고개를 들고 주위를 휘휘 둘러본다.

교무실 여기저기에 선생님들이 모여 서서 알아들을 수 없는 말을 주고받고 있다. 컴퓨터 앞에 빙 둘러서서 번갈아 화면을 들여다보는가 하면, 스마트폰을 검색하다가 눈살을 찌푸리기도 하고, 휴대폰을 들고 통화를 하다가 밖으로 나가는 선생님도 보인다.

'무슨 일이 생긴 건가.'

맞은편 자리에서 조그맣게 주고받는 소리가 들려온다.

처음 나온 뉴스 속보가 오보라네요. 여객선에서 승객들이 전원 구조된 게 아니랍니다!

그럼 그 많은 사람들이 아직 배 안에 그대로 있다는 말이에요?

인터넷뉴스에서도 그렇게 나오네요. 거의 구조되지 않았다고!

배가 기울었다는 건, 나도 들어서 알고 있다.

쉬는 시간에 반 아이들 중 누군가가 "배가 바다에 빠졌대." 하고 소리쳤고, "무슨 배가 바다에 빠지고 그러냐." 하면서 반 아이들이 하나둘 공기계를 꺼내 들었고, "배에 탄 사람들은 전부 다 구조됐대."라고 해서 스마트폰을 꺼내려다 말았던 일이다.

여느 때처럼 고운이 김세영이랑 점심도 먹었다. 와이파이가 터지지 않는다고 짜증을 내면서 자기들 공기계를 타박하는 가운데 최회장과 유생각을 들먹이며 밥알을 튕겨 내던 찰떡궁합이 밥 먹던 숟가락으로 치즈케이크까지 퍼 먹는 걸 지켜봤고, 언제나처럼 따분하고 나른하게 오후 수업을 받았고, 미룰 만큼 미루다가 여기에 이렇게 와 있는데…….

지금 교무실 분위기는 심상치 않다.

어떻게 이런 말도 안 되는 일이……!

아…… 어떡해요…… 거기에……!

이렇게 멍청하게 서 있지 말고 뭐라도 하면 좋겠는데, 내 스마트폰은 교실에 놓아둔 책가방 안에 있고, 마수가 자리를 비운 책상 위의 컴퓨터 화면은 먹통이다.

내가 있는 쪽으로 걸어오고 있는 마수가 이상하다.

얼굴에 물이 묻어 있고, 어깨 위에서 찰랑거리던 단발머리도 물에 젖은 채 흐트러져 있다.

평소 모습은 고사하고 종례 때 보았던 모습도 아니다.

"솔아, 미안……, 많이 기다렸지?"

"아, 뭐, 좀."

"근데 어쩌지…… 지금은 얘기하기가 좀 뭐해서 다음에 다시 봐야 할 것 같은데…… 그래도 될까?"

"아, 예, 뭐……."

"실은…… 너한테 머리를 잘라 달라고 부탁하려고 했어."

"예에? 머리라니…… 누구 머리를?"

"누구 머리긴, 내 머리지."

"어……!"

"근데 지금은 머리를 자르고 할 때가 아닌 것 같아서 그래. 알아봐야 할 일도 좀 있고…… 미안하지만 다음에 다시 부탁해도 될까?"

"아, 뭐…… 근데, 괜찮으세요?"

"아, 난, 괜찮아…… 괜찮아야지."

마수는 안 괜찮아 보인다.

내 눈에만 안 괜찮아 보이는 게 아니다.

"마 선생님, 정말 괜찮은 거예요?"

건너편에 있는 국어가 확인하듯 물어 온다.

마수는 고개를 끄덕끄덕해 보이며 괜찮다고 대답한다.

"미안하다, 솔아. 우리 다시 보는 걸로 하자."

마수에게 눈인사인지 뭔지를 어정쩡하게 건네고 나오는 발걸음이 무거울 밖이다.

교무실을 나서자마자 찝찝함과 곤혹스러움과 걱정이 한꺼번에 밀려든다.

버스 정류장에 서 있는 유민주는 멀리서도 알아보겠다.

이 시간에 이 자리에서 우연히 마주칠 확률이 적지 않다 해도 당황스러운 일이다.

스마트폰을 들여다보고 있던 유민주가 고개를 드는가 싶더니 곧바로 나를 바라본다.

저 또랑또랑한 눈에 담긴 게, 오늘은 수요일이고 넌 황토방에 가는 날이 아닌데 무슨 일로 이 정류장에 왔냐고 묻는 게 아니었으면 좋겠다. 그러잖아도 충분히 피곤한 상태니까.

나한테서 눈을 떼지 않고 있던 유민주가 묻는다.

"황토방에 가니?"

나는 유민주의 눈을 피하며 어물쩍 대답한다.

"응."

"배에서 아직 구조되지 않은 사람들이 많다는데, 알아?"

예기치 못한 질문이다. 예기치 못한 목소리고.

나는 고개를 들고 유민주를 본다.

목소리만큼이나 얼굴에도 걱정이 담겨 있다. 멀리서 봤을 땐 몰랐는데. 보고 있는 나도 덩달아 걱정하게 만드는 얼굴이다.

무슨 말이라도 해야 할 것 같은데 할 말이 떠오르지 않는다.

버스가 온다. 버스가 내 쪽에 가까이 서서 내가 먼저 버스에 오른다. 맨 뒤쪽에 빈 자리가 보인다. 창가 자리에 앉으려다 유민주가 오기를 기다린다.

"아니야, 너 먼저 앉아. 고마워."

나는 창가 자리에 앉아서 책가방을 무릎 위에 올린다.

옆자리에 앉은 유민주도 나를 따라 한다.

나와 눈이 마주치자 유민주의 동그란 눈이 반달눈이 되고 입꼬리도 반달 모양을 이룬다.

"좀 늦게 나왔네?"

"면담 좀 하느라고."

"그랬구나. 잘했어, 면담은?"

"아니…… 다음으로 미뤘어."

"왜?"

"마수가 좀 아파서."

"어? 종례 때만 해도 아무렇지 않으셨잖아?"

"마수는 괜찮다고 하는데…… 좀 그러네."

"문자 해 볼까? 정말 괜찮으신지?"

"그건 좀…… 괜히 귀찮게만 할 수도 있고."

"그렇겠다. ……괜찮으실 거야. 우리의 마샘이니까."

"그래 뭐…… 마수니까."

그 뒤로 유민주와 나는 말없이 앉아만 있다.

버스에 있는 다른 사람들처럼 스마트폰을 들여다보지도 않고 이어폰을 귀에 꽂지도 않은 채다.

서로 말이 없어도 어색하거나 불편하지 않다.

버스가 크게 커브를 돌 때마다 같은 방향으로 몸이 심하게 쏠려 서로 맞닿아도 상관없다.

각자 생각에 잠겨 있는 까닭도 있지만, 얼마 사이에 믿기지 않을 만큼 서로에게 편해진 느낌이다.

마수가 나한테 머리를 잘라 달라고 부탁하려 했다는 말을 떠올리고 있다.

어떻게 그런 생각을 다 할 수 있었을까, 마수는?

삐쭉빼쭉 형편없는 내 머리 꼴을 보고도.

어떻게 나한테 그런 부탁을 할 생각을 다 했을까, 마수는?

내 가위질을 어떻게 믿고. 나를 어떻게 믿고.

그런 말도 안 되는 생각을 해서 괜히 사람 골머리만 띵하게 만들고…… 제자에게 그런 거나 부탁할 정도로 오지랖이 넓으니까 무슨 일이 생기기만 하면 금방 안 괜찮아지기나 하고…… 생각이 갈피를 잡지 못하고 갈팡질팡한다. 생각이 많아서라기보다는 걱정거리가 불쑥불쑥 끼어들어서 그런 것 같다.

먼저 버스에서 내린 유민주가 나를 기다리고 있다.

나는 유민주를 보고 툭 던지듯 말한다.

"마수가 나한테 머리를 잘라 달라고 부탁하려고 했대."

"그래?"

"어, 안 웃겨?"

"웃기긴."

"안 놀라?"

"마샘을 몰라야 놀라지."

"마수가 나한테 그런 부탁을 한 게 아무렇지 않다고?"

"그러니까 우리의 마샘이지 달리 우리의 마샘일까. 뭐 좀 아쉽긴 하다. 그 부탁은 내가 먼저 할 수도 있었는데."

"뭐? ……날 놀리는 거면……."

"네가 네 머리를 그렇게 잘 자르는데 남 머리는 얼마나 잘 자르겠니? 어쨌든 뭐 마샘이 먼저 부탁하셨다니까 내 차례는 그다음으로 알고 있을게."

내가 뭐라고 대꾸할 틈도 없이 유민주의 눈이 내 눈으로 따스하게 들어온다.

"그날 너랑 이야기하고 나서 가위를 좀 살펴봤어. 가위 날이 두

개더라. 두 개의 날을 오므렸다 벌렸다 교차시켜야 뭐가 잘라지거나 오려지고. 갑자기 가위질이 좋아지거나 한 건 아니지만 가위질이 좀 특별해지긴 했어. 덕분에 앙리 마티스라는 화가가 어느 날 하얀 종이에서 작은 새 한 마리를 오려 낸 걸 시작으로 새로운 형태의 미술을 개척했다는 사실도 알았고. 일명 '오려내기 기법'이라는 건데, 내 눈엔 이솔 방식의 가위질이 더 새로운 기법으로 보였다는 거 아니니. 너처럼 자기 머리를 직접 자르는 사람이 이 세상에 얼마나 되겠니? 그거야말로 새로운 형태의 기법일걸! 우리의 마샘이니까 그 기법을 단번에 알아봤을 거고."

무슨 말을 해야 할지 모르겠다.

뻘쭘해진 한편으로 가슴은 왜 이렇게 쿵쿵거리는지.

이러다가 내 가슴에서 물고기가 튀어나오는 건 아닌지…….

아무렇지도 않은 척하면서 유민주를 따라서 걷다 보니 어느새 산할머니네 집 앞이다.

유민주가 대문 앞에 서더니 담장을 가리키며 소리를 높인다.

"와, 여기 좀 봐. 담쟁이가 어느새 이렇게 올라왔네."

"담쟁이?"

"그래 담쟁이. 이리 와서 봐."

"아, 담쟁이는 정말 담장 맨 밑에서 시작하는구나."

"그래, 정말 신기하지 않니? 맨 밑바닥에서부터 시작해서 위로 쭉쭉 올라가는 게. 다 같이 손을 맞잡고, 서두르지 않고 천천히, 앞으로 나아가는 것처럼 보이지 않니?"

"야, 그건 시잖아. 〈담쟁이〉라는 시."

"어, 아네! 하긴 황토방 벽에 〈담쟁이〉 시 전문을 붙여 놨으니 모를래야 모를 수도 없겠다."

"황토방에선 못 봤는데?"

"그런데 알아?"

"산할머니가 만들어 준 책갈피에서 봤거든."

"아, 책갈피! 나도 거기서 처음 봤는데…… 저것은 벽, 어쩔 수 없는 벽이라고 우리가 느낄 때, 그때, 담쟁이는 말없이 그 벽을 오른다…… 정말 멋지지 않니?"

시도 멋지지만 유민주는 더 멋지다. 민망한 감이 없진 않지만.

"물 한 방울 없고 씨앗 한 톨 살아남을 수 없는, 저것은 절망의 벽이라고 말할 때, 담쟁이는 서두르지 않고 앞으로 나아간다, 한 뼘이라도 꼭 여럿이 함께 손을 잡고 올라간다, 푸르게 절망을 다 덮을 때까지, 바로 그 절망을 잡고 놓지 않는다…… 아직은 너무 여리지만 담쟁이덩굴이 푸르게 올라오는 걸 보니까 기분이 좀 괜찮아지지 않니?"

"그래 뭐…… 〈담쟁이〉를 다 외우나 보다?"

"사이코패스 같은 걸 줄줄이 외우는 것보단 훨 낫지?"

"그야 각자 취향 차이고."

"흠흠…… 저것은 넘을 수 없는 벽이라고, 고개를 떨구고 있을 때, 담쟁이잎 하나는 담쟁이잎 수천 개를 이끌고, 결국 그 벽을 넘는다……."

"그래 뭐…… 자꾸 넘어라 넘어."

"저 담쟁이 잎 하나하나가 담쟁이 잎 수천 개가 되어, 서로서로의 손을 맞잡고, 결국 저 벽을 넘는다는 것을, 나는 큰샘에게 배웠어. 마샘에게도 배우는 중이고. 우리의 마샘은 괜찮을 거야. 아직 배 안에 있는 사람들도 모두 다……."

모르지 않았지만, 유민주 얘는 정말 평범하긴 어려울 것 같다. 웬만한 사람 같으면 낯간지러워 못 할 말을 이렇게나 자연스럽고 야무지게 이어가다니.

"대통령할머니부터 발 벗고 나서서 지금 당장 가라앉은 배에 절실한 담쟁이 잎이 되어 줄 거라 믿자."

좀 재수가 없어야 하는데, 나도 모르게 위로받는 느낌이다.

얼굴이 살짝 상기된 유민주를 보고만 있는 나는 꽤나 멍청한 얼굴을 하고 있을 것이다.

"난 집에 가서 옷 좀 갈아입고 올게. 엄마가 고로케를 만들어 놓겠다고 했어. 황토방 친구들도 좋아하고 큰샘도 좋아하시거든. 너도 좋아하지?"

"오늘 안 왔으면 억울할 뻔했다."

나는 또박또박 발걸음을 옮기는 유민주의 뒷모습을 지켜본다.

길모퉁이를 돌아 저쪽으로 사라져 가는 뒷모습에 실린 것이 그날 유민주가 나에게 들려준 '고백'의 무게가 아니었으면 좋겠다. 아직은 너무 작은 저 어깨 위에 놓인 것이.

유민주가 살고 있는 집은 유민주네 집이 아니다.

그 어마어마한 저택은 유민주 엄마가 일해 주고 있는 집이다. 유민주를 학교까지 태워다 준 벤츠는 집주인 할아버지 자동차다. 집주인 할아버지와 먼 친척뻘도 뭣도 아닌데 친척으로 생각하라고 해서 그렇게 해 보려고도 했지만 잘 될 리가 없어서 더 이상 그 차는 얻어 타지 않을 거라고 한 게, 유민주가 그날 내게 '고백'을 한다면서 처음 꺼내 놓은 말이다.

유민주가 그날 내게 들려준 '고백'의 주된 내용은 유민주네가 가난하다는 것이었다. '가난'이라는 말 자체는 한 번도 입에 담지 않았지만.

……어렸을 땐 엄마 아빠랑 다 같이 한집에서 살 수 있었는데, 아빠가 일하다가 몸을 다친 뒤론 엄마가 돈을 벌어야 했어.

닥치는 대로 일하던 엄마가 집에서 한두 시간이 걸리는 강남까지 가서 남의 집 일을 하게 되었고 집에 못 오는 날이 많아졌어.

내가 엄마가 일하는 곳으로 찾아가서 먹을 것 입을 것을 받아올 때가 많아졌다는 얘기야.

그래 그날 너를 처음 봤을 때도 그랬어.

그때 난 우리 엄마를 기다리고 있었어.

그 낯설고 막막한 도곡역에서.

내가 엄마를 따라 이 집으로 들어온 게 작년 이맘때야.

집주인 도움으로 엄마랑 같이 살면서 중학교를 다니게 되었지만, 진짜 도움은 이 동네에 살게 된 덕에 큰샘을 만날 수 있었다는 거야.

내가 잘할 수 있는 걸 똑바로 제대로 하면, 과외로 무장한 최서현 같은 아이들 정도는 아무것도 아니라는 걸 알게 해 준 어른이거든, 큰샘이.

무엇보다 자존감을 알게 된 덕에 내가 잘할 수 있는 걸 자신 있게 할 수 있었을 거야.

……아직도 두려움이 남아 있긴 하지만 너에겐 내 얘기를 똑바로 해야 할 것 같았어. 큰샘에게 배운 대로.

……나를 있는 그대로 보여 주고 싶었어. 다른 사람은 몰라도 너한테만큼은.

유민주가 나에게 고백이란 걸 할 이유도 뭣도 없기 때문에 고백이란 말을 써서는 안 되었다고 한 건, 내 자격지심이 낳은 억지에 지나지 않았다.

자신의 복잡한 심경을 애써 담담히 전하려 했던 유민주의 말뜻을 내가 다 알아차리지 못했다는 얘기다.

주인집 할아버지 차는 더 이상 얻어 타지 않을 거라고 단언해 보이는 유민주를 어떻게 봐야 할지 몰랐던 탓도 있다.

자기 엄마가 지금은 '남의집살이'를 하고 있지만, '가정관리사 협회'에 가입해 '가정관리사 자격증'을 땄고, 머지않아 남의 집을 나가서 가정관리사로 출퇴근하게 될 거라는 말을 내가 다 이해하지 못한 탓도 있다.

자기 아빠랑 떨어져 살고 있지만 한 번도 아빠랑 떨어져 있지 않았다는 말이 무슨 뜻인지 잘 모르면서 고개를 끄덕끄덕해 보인 탓도 있다.

중2답지 않게 어려운 말을 쓰고 꿋꿋한 태도를 잃지 않는 유민주를 내 주제론 다 알아볼 수 없었다는 얘기다.

'가난'을 주제로 '고백'을 해 오는 유민주를 앞에 두고 나 자신에게만 골몰해 있었다는 뜻이기도 하다.

유민주가 무슨 말을 어떻게 해 오든 간에 나는 절대로 내 마음속에 생각하고 있는 것이나 감추어 둔 것을 사실대로 숨김없이 말하고 싶지 않았다.

유민주가 고백해 온 가난은 시간이 해결해 줄 문제로 보였다. 가난을 잘 몰랐던 내 입장에선, 절대로 말하고 싶지 않은 내 문제는 시간이 해결해 주기는커녕 시간이 갈수록 점점 더 나빠질 문제로 보였는데…….

나는 담장 가까이 가서 담쟁이 잎 하나를 톡, 건드린다.

늘 활짝 열려 있는 대문처럼 이맘때면 늘 마당 어딘가에 있는 산할머니가 보이지 않는다. 뒷마당에도 안 보이고, 황토방에도 보이지 않는다.

증조할아버지도 보이지 않는다. 마당 한쪽에 있어야 하는 오토바이도. 증조할아버지는 오토바이를 타고 밤마을을 가셨나 보다, 하면서 나는 산할머니를 찾고 있다. 어둑어둑할 때까지 증조할아버지가 오토바이를 타면 산할머니가 걱정할 텐데, 하면서 나는 계속 산할머니를 찾고 있다.

산할머니, 산할머니, 하고 부르면서 나는 현관으로 들어선다. 신발을 벗고 집 안으로 들어가는 마음도 급해진다.

마루에도, 부엌에도, 작은방에도 산할머니가 보이지 않는다.

증조할아버지 방에서 이상한 소리가 새 나온다.

증조할아버지 방에만 있는 텔레비전에서 나는 소리인가 하는데 울음소리 비슷한 소리가 새 나온다.

나도 모르게 조심조심 증조할아버지 방문을 연다.

그렇게 불러도 아무 대답이 없던 산할머니의 뒷모습이 보인다.

어휴, 여기 계셨던 거예요, 한참 찾았잖아요, 하려는데 어쩐지 입이 잘 떼어지지 않는다.

산할머니가 어깨를 잔뜩 움츠린 채 쭈그려 앉아 있다…… 구식 텔레비전을 코앞에 두고…… 전에 없는 일이다.

더없이 작아진 산할머니가 꼼짝 않고 붙박여 있는 텔레비전 화면엔 배가 비현실적으로 기울어져 있다.

스마트폰으로 잠깐 본 것과 느낌이 전혀 다른 저 비현실적인 화면을 앞에 두고……

한껏 웅크러뜨린 산할머니의 몸이 파들파들 떨고 있다.

떨고 있는 산할머니를 보니까 산이 흔들리는 것 같다.

금방이라도 산사태가 날 것 같다.

두고, 두고

세면대 거울 속에 있는 내 머리는 짧지 않다.

내가 내 머리에 대고 아무렇게나 마구 가위질을 한 것도 1년 전쯤이다. 작년 이맘때인 봄방학 때 일이니까.

그때부터 지금까지 내가 내 머리에 가위를 대지 않았다는 얘기는 아니다. 내 머리에 되는대로 가위를 댈 일이 없었다는 것도 아니고.

어느 날인가 보니, 세면대 거울에 비친 내 머리 꼴이 그다지 우스꽝스럽지 않았다. 삐쭉삐쭉 솟거나 들쭉날쭉 뻗친 머리칼이 가라앉아 있었다. 그 봄의 그날 이후론, 그러니까 산할머니가 그 비현실적인 화면에 붙매여 있다가 꼼짝없이 무너져 내린 뒤론 내 머리에 대고 마구 가위질을 하지 않았다는 생각이 들었다.

가위질할 일이 없던 건 아닌데, 내 머리든 어디든 간에 함부로 가위를 갖다 대면 안 될 것 같았다. 마샘이 나에게 머리를 잘라 달라고 부탁하려 했다는 말이 문득문득 떠오르기도 했다.

그리고 내가 좀 바쁘기도 했다.

몰랐는데, 산할머니는 농부였다.

농부가 자리를 비운 마당은 금세 표시가 났다. 봄여름에 하루 놀면 겨울에 열흘 굶는다는 말은 실감하지 못했지만, 농부는 밖에 나가서 품을 팔아선 안 되고 놀아도 제 밭에서 놀아야 한다는 말은 지난여름부터 늦가을까지 모자라지 않게 체험했다.

산할머니가 없는 봄여름마당을 증조할아버지가 지키려 했다. 증조할아버지 혼자서는 힘에 부치는 일이었다. 할머니 할아버지와 엄마와 삼촌은 틈만 나면 산할머니 집을 찾았고 나는 뻔질나게 드나들었다. 그러느라 더 바빴다.

알고 보니 내가 태어나기도 전에 자식을 잃은 그 일이 산할머니에겐 엊그제 일이었다. 남들은 '사고'라고 부르는 그 일이 산할머니에겐 생각하면 숨조차 쉬어지지 않는 '사건'이었다. 그때의 그 사건보다 더한 '참사'를 꼼짝없이 지켜봐야 했으니…… 넋 놓고 무너져 내린 산할머니가 다시 자리를 걷고 일어날 수밖에 없는 일이라고 했다.

산할머니가 비운 자리를 황토방 사람들도 나서서 메우고 채우려 했다. 같이 모여서 공부하는 틈틈이 마당에 심어 놓은 농작물을 가꾸고 거두었다. 아니 어쩌면 농작물을 가꾸고 거두는 틈틈이 공부할 때가 더 많았을지도 모르겠다. 마당이 길러 낸 상추며 쑥갓, 케일 같은 쌈채소를 먹어 본 뒤론 황토방 사람들이 황토방에서 한자리에 모일 때보다 마당에서 한자리에 모일 때가 더 많았으니까.

십시일반으로 일손을 보태니 산할머니가 없는데도 일이 꽤나 잘 돌아가는 걸로 보였다. 나중에 산할머니가 와서 보고 자리를 비운 티가 나지 않는다고 서운해할지도 모르겠다고 생각했는데 괜한 걱정이었다.

농부의 빈자리를 흙이, 나무열매가, 채소가 먼저 알아봤다. 얼마 되지도 않은 사이에 땅심이 떨어져 미생물과 해충이 꼬였고 한창 자라야 할 채소가 누렇게 말라 갔다.

증조할아버지가 나서서 땅심을 돋우려 했다. 산할머니가 썼던 방법대로 해 보려다가 결국 우리를 불렀다. 할아버지가 앞장서서 목초액이며 현미식초액 등을 만들었다. 기운이 달려서 구경만 할 거라던 할머니가 끙끙거리면서 물에 희석한 목초액 통을 받아 들었다. 그리고 물뿌리개에 옮겨 부은 목초액과 현미식초액을 곧바로 내 손에 건네주었다.

할머니가 옆에서 끊임없이 잔소리를 보태지 않아도 작물이 다칠까 봐 조심조심 목초액을 뿌려 주었다. 간단해 보인 일이 해도 해도 끝이 없었다. "아이고 안 먹고 말지, 아이고 사 먹고 말지." 하는 할머니 푸념에 몇 번이고 맞장구를 쳤을 정도였다.

이왕에 할 일이라 집중하다 보니, 대중탕의 온탕 바닥을 쓱쓱 싹싹 솔질했던 생각이 났다. 열탕의 물을 대야로 퍼서 바닥에 내던지듯 철써덕철써덕 뿌려 댔던 일도.

그게 언제 적인가 싶어 짚어 보니, 틈만 나면 산할머니 집을 찾고부터는 삼촌이 그 대중탕을 가자고 한 적이 없었다.

그렇다고 해서 금요일 오후마다 초고층아파트 대신 증조할아버지 방에 와서 지내는 삼촌에게 큰 변화가 생긴 건 아니었다. 삼촌은 여전히 밤잠을 잘 이루지 못했고, 지금도 마찬가지다.

우리 식구가 주말을 산할머니 집에서 보낼 때도 삼촌은 밤새 이 방문 저 방문을 열고 다녔다. 그러는 바람에 식구들이 자다 말고 깨어나는 일도 그대로였다. 지금도 그렇지만.

다만 자다 말고 삼촌을 데리고 양재천변으로 나가거나 대중탕을 찾는 수고는 덜었다는 얘기다.

현관문만 열면 시원한 공기를 맡을 수 있는 덕도 있지만, 초저녁잠이 많은 대신 새벽잠이 없는 증조할아버지가 삼촌을 곁에 두고 다독다독해 준 덕이었다.

우리 식구가 산할머니 집에서 주말을 보낼 때면 할머니가 이래저래 증조할아버지의 새벽기침 소리를 얼마나 반기는지 모르려도 모를 수가 없는 일이다.

남탕에 뛰어들어서 물에 희석한 락스를 양동이째로 뿌린 적도 있는데 이까짓 현미식초액을 뿌리는 일쯤이야 하고 얕봤다가 할머니를 따라서 "에구구 팔다리야, 에구구 허리야." 소리가 절로 나온 뒤엔, 산할머니에게 전화로라도 물어보지 않을 수 없었다.

"할머니, 거기서 뭐 하세요?"

"그냥 여기 사람들하고 같이 좀 앉아 있다가…… 화장실 청소도 좀 했다가…… 빨래 빠는 것도 좀 거들고 밥 짓는 것도 좀 거들다가……."

"그럼 어저께랑 똑같네요. 그저께랑도 같고요……."

휴대폰으로도 진도 팽목항의 거센 바람은 전해졌다.

경황없는 산할머니를 붙잡고 더 이상 엄살을 피우지도 못했다.

산할머니가 팽목항에서 할 수 있는 것을 찾고 또 찾는 사이, 농작물에 붙어사는 해충을 산할머니가 일일이 손으로 잡아 없앴다는 사실도 알게 되었다.

해충이 낮이면 잎사귀 뒷면에 숨어 버려서 새벽이나 저녁나절에 작업을 하는 게 맞았다. 산할머니가 새벽녘에 한 시간이면 끝낼 일을 우리는 해가 뜬 뒤에야 시작해서 반나절이 넘게 걸렸다. 제때 매면 한두 시간 안에 끝낼 김매기도, 하루를 모른 척하고 이틀을 모른 척했다가 주말을 다 잡아먹은 때도 있었다.

산할머니 집에선 무엇을 먹어도 어찌 그리 맛이 있는지 그제야 알게 되었다. 모든 것이 산할머니가 들인 시간 덕이었다. 제대로 공을 들인 덕이었고.

그렇게 마당이며 황토방에 들인 시간과 공을 산할머니는 팽목항에 들이고 있었고, 그것이 산할머니가 다시는 무너지지 않기 위해 선택한 삶이라는 걸 나는 어렴풋이 짐작했을 뿐이다.

산할머니가 하려는 일을 마샘도 하고자 했다.

마샘이 가장 잘할 수 있는 숫자를 가지고 우리에게 보여 주고 또 알려 주려고 했다. 세상이 그 이전과 같을 수 없음을.

0의 의미가 이전하고 같을 수 없었으니……

0은 구조된 숫자로

우리들 머릿속으로 가슴속으로 들어왔고……

……304…… 250…… 9……

그렇게 명백한 숫자를 남기고도……

진실은 가려졌다고 했다, 겹겹이.

세상이 그 이전하고 달라지지 않는다면, 마샘이 하고자 하는 교육도 '가만히 있으라' 했던 그날의 저 허망한 훈련을 되풀이하는 것에 지나지 않는다고 했다.

마샘의 말을 우리가 다 알아들을 수 있었던 건 아니다. 그 이전에도 마샘의 말을 다 알아들을 수 없었듯이.

아무 일 없었다는 듯이 교단에 서 있을 수 없다고 했던 마샘을 뒤흔드는 일이 일어났을 때도 그랬다.

'피로감'을 떠드는 이들은 학교에도 있었다.

마샘의 기세를 일찌감치 꺾어 버리려 했던 학교는 마샘에게 교육보다 훈련을 요구했다. 그 요구가 지시로 바뀌기까지, 성적에 눈먼 아이들과 학부형들은 자기들이 무슨 짓을 저지르는지도 모르면서 마샘에게 주문했다고 한다.

'생각'이니 '질문'이니 '과정'이니 하는 데다 쓸데없이 힘 빼게 하지 말고 진도나 쭉쭉 빼 달라고.

마샘을 뒤흔든 사람들은 민주까지 흔들어 댔다.

1학기 중간고사에 이어 기말고사에서도 전에 없는 두각을 보인 민주의 속사정까지 파헤치려 들었다. 위태위태하게 민주를 싸고돌던 소문이 낱낱이 밝혀지기까진 시간도 뭣도 걸리지 않았다.

민주가 먼저 교단으로 나갔다.

민주는 반 아이들을 하나하나 똑바로 바라보면서 자기 이야기를 들려줬다. 나에게 했던 그대로였다. '고백'이라는 말이 떨어져 나간 것만 달랐다.

나는 좀 억울했다.

민주가 왜 그렇게까지 해야 했는지도 의문이었다.

나로서는 상상조차 못 한 넓은 세상을 가슴에 품고 있는 민주가 좁은 학교나마 타의에 의해 떠나고 싶지 않아 선택한 방법이라는 걸 나는 나중에야 알게 되었다.

그때나 지금이나 나에겐 아직 모르는 것투성이다.

훈련을 지시하는 학교를 뛰쳐나와 버리고 싶었지만 우리가 있는 좁은 세상을 포기할 수도 없었다는 마샘의 입장이나 심정도 그때는 다 이해하지 못했던 것처럼 말이다.

우리를 두고두고 만났으면 해서 좁은 세상을 나와 그보다 더 '좁은 문'으로 들어간다던 마샘은 좁은 화면에 나타났다.

좁은 화면은 결코 좁지 않았다.

마수 고유의 무기로 가득 채운 좁은 화면은 날이 갈수록 넓어졌다. 좁고도 넓은 인터넷 세상에서 마샘이 비장의 무기로 풀어서 보여 주고 있는 세상은 점점 더 넓어질 세계로 보였다. 점점 더 깊어질 세계로 느껴졌고.

수학 공부는 밥 먹듯 해야 공부하기가 편해지고 실력이 늘기 때문에 24시간 이메일 상담으로 온라인 상담을 열어 놓는다는 마샘 강좌에 성적스들까지 몰래 클릭을 한다는 소문이 돌았다.

그래서인지는 몰라도 마샘의 강좌는 매번 벼락처럼 우리 머리를 때리진 않았지만 매번 접속이 폭주해 애를 먹었다.

민주와 나는 우리 옆에서 같이 애먹고 있는 자칭 수제자와 그 일당들과 의기투합해 나물비빔밥을 비벼 먹곤 했다.

나물비빔밥 함지박에 들어가는 숟가락이 늘어나던 어느 날, 고운이와 김세영이 숟가락을 꽂는 일이 생겨났다.

모르는 게 없는 것 같은 김세영 고운이도 처음 황토방에 와서는 사뭇 얼떨떨해했다. 나보다는 민주를 더 의지하는 눈치였고.

민주가 자기 얘기를 들려준 날, 나에게 달려들어서 잡아먹을 듯이 따지다가도 유생각에게 아무 생각 없이 굴어서 어떡하느냐며 눈물을 짜고 콧물을 뺀 외계인들이었다. 보면 볼수록 성적스라기보다 외계인에 가까웠으니 그러려니 하면서도 아쉬움은 있었다. 여름방학 직전에 넷이서 함께하게 된 자리에서, 김세영 고운이가 나와 민주를 따라서 읽은 『소년과 바다』에 나오는 할아버지나 『우주에 남은 마지막 책』에 나오는 할아버지보다 우리 증조할아버지가 조금은 더 재미나다는 얘기를 꺼낸 건 나였으니까.

운세커플(황토방을 문턱이 닳도록 드나들던 여름방학 때 자기들을 싸잡아 그렇게 불러 달라니 그럴 밖에)은 민주 엄마가 만들어다 준 고로케를 먹고 나서야 자기들 자리를 찾은 듯했다.

"이 엄청난 걸 고작 고로케라고밖에 부르지 못하다니!"

"이 엄청난 걸 소울 네 주둥이에만 처넣고 말았음 언제가 됐든 우리 손에 고로케가루가 되고야 말았을 거라는 거 아니냐!"

내용은 험해도 듣기 싫지 않았다. 나를 소울이라고 불러 준 다음에야.(할아버지가 소울soul을 담아 내 이름을 '솔'이라 지은 사실을 까마득히 잊고 있었는데, 운세커플이 어느새 할머니에게 그런 말까지 들은 뒤로 나를 소울이라고 불러 주니 좀 멋쩍기는 해도 나쁘지 않았다.)

자칭 수제자와 일당은 물론이고 동생뻘 되는 아이들에게도 운세커플이 먼저 다가갔다. 도움 이상의 뭔가를 서로 주고받으며 친목을 쌓아 가는 걸 보니 달리 운세커플이 아닌 게 분명했지만, 방심해선 안 될 일이었다. 잘 나가다가도 황토방 사람들이 운세커플에게 어느 별에서 온 외계인이냐고 묻는 데는 다 그만한 이유가 있었다. 얼마 못 가 운세커플 입에서 소울이 방울이 되더니 (어이없게도) 솔방울이 되고 말았던 것처럼 말이다.

민주가 황토방 벽에 〈담쟁이〉를 붙여 놓은 게 샘난다면서, 운이가 그즈음 방한한 프란치스코 교황할아버지의 캐리커처를 그리고 '말씀'을 적어서 〈담쟁이〉 옆에 나란히 붙여 놓기도 했다.

삶은,

혼자 할 수 없는

함께하는 길입니다.

그걸 보고 민주와 세영이와 나는 까르르까르르 웃음을 터뜨렸다. 영문 몰라 하는 운이 얼굴을 보고는 또 까르르했지만 영문을 모르긴 우리도 마찬가지였다. 그냥 웃음이 터졌고 함께 웃다 보니 자꾸 더 웃음이 나왔으니까.

별것 아닌 일에도 툭하면 웃음을 터뜨리는 우리를 보고 증조할아버지도 껄껄껄 따라 웃곤 했다. 어느 날엔 운이와 세영이랑 함께하면서 증조할아버지가 더 크게 웃는 것 같았다. "어허허, 고놈들 참." 하면서 증조할아버지가 웃음을 터뜨릴 때마다 내 기분이 야릇해지는 건 나도 어쩔 수 없었다.

황토방을 자주자주 찾아와서 산할머니를 대신하는 자칭 수제자들을 만나면서 할머니는 산할머니가 보는 신문을 보기 시작했다. 매일매일 최선을 다하겠다는 뉴스를 막장드라마보다 더 열렬히 시청하기도 했다. 최선을 다하겠다는 식상한 말에 실천을 얹으니 그보다 듣기 좋은 말이 없다고 하면서.

할머니가 애쓰면서 달라지니까 할아버지도 달라지고 나도 좀 달라졌지만, 앞서 말한 대로 엄마랑 삼촌에게 큰 변화가 생기거나 하지는 않았다. 그래도 작기는 하지만 변화가 생기긴 했다.

삼촌이 집에 오는 날이면 할머니가 자동적으로 탁자 위에 올려놓았던 잡지와 신문을 어느 날인가부터 내놓지 않았다. 그 대신 말린 나물이나 말린 버섯, 말린 과일을 올려놓았다.

가위를 들고 안절부절못하는 삼촌 앞에서 할머니가 집적 가위질을 해 보였다. 말린 고사리를 일정한 길이로 자르고, 말린 가지와 사과를 가늘고 길게 잘라 보이기도 했다.

삼촌이 그것을 별 저항 없이 받아들이기까지는 적지 않은 시간이 걸렸고 지금도 불편함을 내비치고 있다.

내 눈엔 삼촌이 신문이나 잡지를 자르는 대신 나물이나 육포를 자르는 게 더 좋아 보이거나 하지는 않는다. 나는 삼촌이 쓸데없이 종이만 오리고 또 잘라 내도 상관없다고 생각한다. (민주가 그림책을 선물해 줘서 알았지만) 앙리 마티스라는 화가할아버지처럼 누구나 다 하얀 종이에서 작은 새 한 마리를 오려 낼 수는 없고 또 그럴 필요도 없다고 생각하기 때문이다.

할머니 할아버지가 그룹홈의 삼촌들이 할 수 있는 일감을 다시 찾아보기 시작한 것도 나는 같은 눈으로 보고 있다.

할머니는 그 일을 산할머니가 마당을 가꾸고 황토방을 꾸리는 일처럼 하고 싶어 했다. 나는 이제 와서 그럴 필요가 뭐가 있을까 했다. 그러다가 또 일이 잘 안 되면 할머니가 얼마나 낙담을 하고 속상해할지 걱정도 되고 겁도 났다.

그렇지만 이제는 나도 모르지 않는다.

자식 일을 두고 삼사십 년 가까이 애써 온 할머니 할아버지가 여전히 애쓰고 있는 일이니까.

고작 그것밖에 안 되더라도 할머니 할아버지로서는 매번 죽을

힘을 다하고 있는 건지도 모르니까.

아직은 너무 높아서 좁은 세상에서 내려오지 않았지만 할머니가 그런저런 일들을 하나하나 준비하고 진행해 나가면서 그 좁은 세상에서 내려올 준비를 하고 있는 건 확실해 보이니까.

여름방학이 끝나 갈 무렵, 평일로도 모자라 주말에도 황토방을 찾은 세영이와 운이를 데리고 주방으로 갔다.

엄마 혼자서 싱크대를 정리하고 있었다.

세영이와 운이는 우리 엄마를 보고 어쩔 줄 몰라 했다.

나하고 눈도 한번 제대로 마주치지 않은 채로 내가 하는 말을 웅얼웅얼 따라 하는 엄마를 보고 나서는 내 눈을 잘 쳐다보지도 못했다. 눈 둘 곳을 찾느라 애쓰는 세영이와 운이에게 섣부른 농담을 건네거나 심각해지고 싶지 않았다.

주방을 나와서 증조할아버지 방으로 갔다.

토요일 오후면 그렇듯이 삼촌이 가위질을 하고 있는 그 옆에서 증조할아버지도 같이 가위질을 하고 있었다.

아까보다 더 어쩔 줄을 몰라 하며 쩔쩔매고 있는 운이와 세영이를 보고 증조할아버지가 말했다.

"아이고, 천왕성, 해왕성에서 마침 잘들 찾아 줬다. 가까이 와서 좀 보려무나. 지구 상의 이 버섯이며 고사리가 잘 잘라지고 있는지. 눈이 자꾸 침침해지는 덴 꽃할배라도 당해 낼 재간이 없구나."

그날 이후로 나보다 더 자주 증조할아버지 방을 찾는 듯했던 운이랑 세영이가 엄마와 삼촌 증세에 대해 얼마나 많은 관심을 보였는지, 증세 호전에 도움이 되는 정보를 얼마나 열심히 물어다 주었는지는 생략하겠다. 운세커플답게 모든 게 '과잉'이었으나 전혀 나쁘지 않았다는 거만 밝혀 두고.

아빠 얘기는 하지 않았다.

내 안에서 다 납득되지 않는 얘기를 서두를 필요는 없었다.

누구에게든 터놓고 얘기하다 보면 보다 잘 이해되고 편해지지 않을까 생각했지만, 그건 내 방식이 아니었다.

같은 맥락으로, 엘에이할머니가 그러는 것처럼 사람들이 아빠 얘기를 아무렇게나 하는 게 싫다면 방법을 찾아야 했다.

무엇보다 내 생각을 똑바로 밝히는 것으로 시작을 할 수 있을 것 같았다. 먼저 내 생각을 정리하는 게 순서라고 여겼다.

지금도 생각 중이다.

쉽지 않겠지만 그래도 예전처럼 피하지 않고 마주하다 보면 잘 될 거라는 생각이 든다.

내가 언제부터 이렇게, 친구들 표현대로, 긍정 모드가 된 걸까.

친구들은 그게 다 내 머리 모양 따라서 생긴 변화라고 한다.

내 머리가 너무 짧지도 않고 그다지 이상해 보이지도 않자, 그 대신 내 머릿속이 점점 더 단순해지고 있다나 뭐라나 놀리는 한

편 뭔가를 아쉬워하는 말투로 말이다.

무엇보다 친구들이 생기는 바람에 내가 내 머리라고 함부로 하지 않게 되었다고 믿고 있지만…… 나는 뒷머리를 긁적이다 말고 목덜미를 간질이는 머리칼을 툭툭 칠 밖이다.

나를 좀 아는 사람들이 나를 위소라 부르면 씩 웃고 말듯이.

작가의 말

내가 우주 씨와 세주 씨 들을 처음 만난 건 6년 전이다.

첫 소설을 끝내고 자폐 장애를 소재로 삼은 소설을 구상하면서 먼저 우주 씨 부모님을 찾아뵈었고, 그분들 소개로 서울 근교에 있는 '생활관'을 찾아가서 일원들을 만나 볼 수 있었다.

자폐스펙트럼이 매우 다양한 만큼 자폐가 복잡다기하고 천차만별이라는 사실을 모르지 않았고, 자폐에 대해 어느 정도 공부를 했다고도 생각했는데, 충격이었다. 전문가 시각에서 쓴 책을 아무리 많이 읽고 또 일원들의 대변인을 자처한 부모님들과 사회복지사들에게 최대한 귀 기울였어도, 우주 씨와 세주 씨 들을 직접 한 번 만나 보는 게 나았다.

생활관까지 왕복 세 시간이 넘는 거리를 수도 없이 달리면서 시간이 무진장 필요할 거라는 생각이 들었다. 그리고 그 계절에 나는 자주 아팠다. 〈담쟁이〉라고 가제를 붙인 이 소설을 왜 쓰는가에 대한 근본적인 물음을 자주자주 묻지 않을 수 없었기에.

그런 와중에 만난 것이 또 하나 있는데 바로 '청소년문학'이다. 소설가 선배에게 듣기 전까지는 아동문학과 성인문학 사이에 청소년문학이 따로 존재하는 줄도 몰랐다. 이십 년 가까이 문학을 해 온 내 입장에선 무색한 일이었다. 호기심과 의무감으로 부랴부랴 엿본 청소년문학 세계는 간단치 않았다.

청소년소설을 읽으면서 지난날이 떠올랐고, 중학교 1학년 종업식 날, 서무실에서 장학 증서와 바꿔 준 돈을 가지고 곧장 시내로 달려가서 세계문학전집 중 10권을 샀던 일이 생각났다. 그때의 책 제목이 뭔지는 단 한 권도 내 기억에 없다는 사실과 함께.

습자지에 찍힌 10,000원 숫자며, 두 책방 중 '문학사'가 아닌 '병광서점'으로 간 일, 참고서가 층층이 깔린 매대를 지나 안쪽의 책장에서 문예지에서 본 제목을 더듬어 두꺼운 책을 하나둘 골라낸 일, 갱지에 세로줄로 빽빽이 박힌 글자 모양, 책값이 육백 원에서 팔백 원 사이라 삼천 원쯤을 거슬러 받은 일, 양손에 책을 나눠

들고 집으로 돌아가던 발걸음, 무엇보다 내가 펼쳐 보인 책과 남은 돈을 바라보던 부모님의 난감해하던 표정은 어제 일처럼 눈에 선하니…… 청소년문학의 필요성과 중요성을 그렇게 실감했을 밖이다. 모름지기 소설을 읽는 일은 즐거워야 하고, 재미와 감동이 넘쳐 내 안에 꼭꼭 스며들어야, 나 자신을, 친구를, 학교를 나아가 세계와 우주를 돌아보게 될 일이 아닌가.

돌이켜 보면 대학 강사를 그만두고 소설을 쓰겠다고 했을 때도, 평생 소설을 쓰기 위해 잠시 출판사 대표를 맡았다고 했을 때도 연로한 부모님은 그때의 그 표정을 지었다. 드러내 놓고 염려할 수는 없지만 몹시 걱정이 될 수밖에 없다는…….

〈우리같이청소년문고〉를 하나하나 세상에 내놓으면서 가족의 배려와 심려를 염두에 둔 것도 있지만, 『UFO를 타다』, 『길은 뜨겁다』 들에서 문학의 알맹이인 재미와 감동을 받지 않았다면 출판에 그토록 많은 시간을 들이지는 못했을 것이다.

문학은 세상을 먹고 세상을 낳는다고 한다. 억지나마 맥락을 꿰자면, 〈담쟁이〉를 먹고 〈가위소녀〉를 낳은 지 5년이 지났다. '세상의 주인'인 나의 세주 씨가 우리의 위소를 낳으면서 'soul****'이 내 비밀번호가 된 지 3년째고.

세월호 참사를 목격한 후, 나는 해묵은 〈가위소녀〉를 버렸다.

4월 16일 이전의 세계를 반복할 수는 없었기에 처음부터 다시 시작하는 게 옳았다. 또한 세상을 잘라 낼 수 없어서, 세상으로부터 자신을 잘라 내버릴 수 없어서, 제 머리칼만 되는대로 잘라 낼 수밖에 없었던 위소와 더불어 정녕 자유롭고 싶었다. 두문불출한 채 다시 쓰고 고쳐 쓰고 또 고쳐 쓰는 수밖에 없었다.

잡히지 않는 시간을 견뎌 내고 끝내 『가위소녀』와 같이할 수 있어서 얼마나 다행이고 고마운지 말로는 다 못할 일이다.

2015년 3월

이정옥